时代长镜头

新青年

刘涛\主编

经济日报出版社

图书在版编目（CIP）数据

时代长镜头．新青年/ 刘涛主编．—北京：经济日报出版社，2019.12

ISBN 978－7－5196－0633－6

Ⅰ．①时… Ⅱ．①刘… Ⅲ．①新闻－作品集－中国－当代 Ⅳ．①I253

中国版本图书馆 CIP 数据核字（2019）第 301403 号

时代长镜头·新青年

作　　者	刘　涛 主编
责任编辑	周　璠
责任校对	杨昕萌
出版发行	经济日报出版社
地　　址	北京市西城区白纸坊东街 2 号 A 座综合楼 710（邮政编码：100054）
电　　话	010－63567684（总编室）
	010－63584556　63567691（财经编辑部）
	010－63567687（企业与企业家史编辑部）
	010－63567683（经济与管理学术编辑部）
	010－63538621　63567692（发行部）
网　　址	www.edpbook.com.cn
E－mail	edpbook@126.com
经　　销	全国新华书店
印　　刷	北京建宏印刷有限公司
开　　本	710×1000 mm　1/16
印　　张	17.25
字　　数	180 千字
版　　次	2020 年 3 月第 1 版
印　　次	2020 年 3 月第 1 次印刷
书　　号	ISBN 978－7－5196－0633－6
定　　价	42.00 元

序言
Preface

大时代，小人物

□刘涛

我常常在想，个体与时代相遇，会发生什么，又会留下什么。

时代是一场大戏，每个人都是其中的一个角色，或轻或重。有人拨弄着时代的浪花，乘势而为，成为聚光灯下的宠儿；有人拼命地活着，尝试在历史大幕上投下些许残影。每个人的故事不尽相同，但都无比真实。那些让人泪流满面的叙事，无一不是对真实的真诚演绎。因为，没有比真实更让人动心的故事。

立足人物，走近时代，一个绕不开的认识命题就是历史及其叙事。我们需要什么样的关于历史的叙事？进一步说，小人物的故事和命运，是否被讲述者置于正当的历史位置上？

什么是历史？历史就是一部分人告诉另一部分人过去发生了什么。“一部分人”是谁，“另一部分人”又是谁，通过何种方式“告诉”对方，这已经超越了简单意义上的信息传播命题，而是在回应更大的“历史叙事”问题。历史叙事的常规操作是，首先按照主流意识形态的规约，确立重大事件、重大议题、重大人物，然后在时间维度上发现、建立，甚至重构它们之间的逻辑勾连，使其成为一种相对封闭的叙事。

为什么关注小人物的微观记忆？因为我们致力于打开历史叙事之外的另一种可能，打捞通往历史话语的另一种“言说方式”。必须承认的是，记忆是对宏大历史叙事必要的补充和延伸，它赋予坚硬而冰冷的历史一定的温度和细节。当历史超越了纯粹的“话语”维度，获得“人”的视角和叙事，这样的历史才是丰满的，冒着“热气”的。

与此同时，记忆虽然微弱，缺少逻辑，却保存了历史叙事所不具备的“另一副面孔”。相对于历史叙事所提供的理性、结构性、逻辑性和总体性，普通人物的微观记忆是感性、碎片化、非连续性的，其与生俱来的属性就是对逻辑和话语的拒绝。打捞那些被主流叙事忘却的微观记忆，有助于我们建立一种高贵的反思框架，从微观命运中审视历史的话语及其合法性，进而与宏大话语保持一定的公共距离。所谓的历史担当，恰恰来自于我们对历史及其叙事的完整认识。

因此，历史叙事与微观记忆的“相遇”，可以是一种携手共进的状态与过程。贾平凹说：“你在写一个人的故事的时候，这个人的命运发展与社会发展在某一点交叉，个人的命运和社会的时代的命运在某一点契合交集了，你把这一点写出来，那么你写的虽然是个人的故事，而你也就写出了社会的时代的故事，这个故事就是一个伟大的故事。”

五年前，我们穿越十年中国，记录时代的瞬间，出版了两本学生新闻采写作品集《100个人眼中的中国十年·记录》和《100个人眼中的中国十年·行走》。这是不同于主流媒体的另一种叙事，一百多篇文章，无不聚焦“大时代，小人物”这一主题，思考个体与时代的相遇“方式”。

五年来，风云变幻，宏大议题接连上演——2015年抗战胜利70周年，2016年红军长征胜利80周年，2017年香港回归20周年，2018年改革开放40周年，2019年新中国成立70周年。我们昂首迈入了又一个“大时代”。过去有太多值得感慨的故事，而我们依旧相信，最真实、最有力量的中国故事，岂能绕开人的命运？个体的故事和命运里，保留了关于时代的所有注解。

一位老人，从普通农民到全旗第一位“万元户”，在时代浪潮中，千难万险，又柳暗花明。

一个农村孩子闯出山林，当上令人称羡的医生。殊不知，他是在强辐射的伤害下坚持着日复一日的手术，而其收入远比不上这份付出，有时候还要面临患者的不理解。

一个缅甸姑娘，偶然接触了汉语，却单纯地因为热爱而放弃上大学、当工程师的机会，来到中国求学，立志从事汉语教育。

农民、医生、学生，都不过是你我身边的小人物，却又都带着大时代的烙印。小人物的切身经历，才是时代最真实的反映。透过他们的故事，我们或许能拼出一幅更完整的时代图景。

冯骥才说，以我的感受，大人物的经历不管多么跌宕起伏，也不能和小百姓相比。大人物的问题总容易解决，小百姓们如果没碰对了人，碰巧了机会，也许很难遇到命运的晴天。

2019年，恰逢新中国成立70周年，一个时代的流金岁月在这一刻彰显。我们自豪地回望过去，始终没有忘记“大时代，小人物”这一主题。多年来，我一直教授《新闻采写》课程，我和学生们努力走进小人物的生命，聆听他们的故事，尝试为百年后的中国留下一些真实的往事、一群可爱的面孔、一段宝贵的史料。

于是，我带着学生反复打磨，屡次修改，最终呈现给读者《风雨路》

《铺路石》《浮生掠影》《烟火人家》《新青年》五册新闻采写作品集，命名为"时代长镜头"系列。我们的思路非常清晰，即寻找个体命运与时代脉搏之间的共振，并通过"长镜头"的方式，将这种共振状态完整地纪录下来。

长镜头在电影中是一种特殊的表达方式，即用单个长时间拍摄的镜头而非切换的镜头来进行表达。连续的时空中，长镜头聚焦、定格，喜怒哀乐、世间百态、人间烟火，刹那永驻，沉在历史的长河中。斑驳光影掠过，我们试图留住片刻。对于时代变化的展现，我想，让更多小人物出现在镜头里，就如同把被遗忘的碎片放回到时代的拼图中，呈现出时代的细微之处。

我们期望，在这里，你能看到社会百态、风雨人生。在这里，时空交织，瞬间即是永恒。在这里，看见瞬间，理解中国。

"山上层层桃李花，云间烟火是人家。银钏金钗来负水，长刀短笠去烧畲。"刘禹锡笔下的山景之美，来自山村人家的劳动之美。《烟火人家》一册记录的正是这样一群为未来奋斗和坚守的人，分为"恒""守""归""根"四部分。一位突发摄影记者把自己比喻为空降兵，一个电话指哪奔哪，曾雪夜追车，曾走入汶川，曾逼近日本福岛，只为记录和展示真实。一个农村青年早年漂泊，最后选择回到乡村当教师，是转折，也是人生归宿，更是一辈子的责任。两位印尼华侨年少时不约而同地回国，投身祖国建设，只为那颗赤子之心。怀揣相同梦想的两人渐渐走到一起，成了眷属，携手共见证祖国的发展。两人初心未改，终收获了当下的安逸幸福。

但努力拼搏的过程往往是不平静的。不可阻挡的时代潮流涌来，小人物浮浮沉沉，顺流而下。在这些漂浮的人生中，我们摘取了努力适应潮流、拼命向前游动的故事，分为"磨""炼""绽""放"四部分，收录在《浮生掠影》中。改革开放潮流中，一个来自小山村的青年顺流南下到深圳打拼，从当工人到卖猪肉再到边卖猪肉边打零工，一心想在深圳买下一套房，成为真正的深圳人。1977年，中国恢复高考制度，另一位农村人盼来了出头之日，殊不知这条路走得格外曲折，所幸最终也遂了改变命运的愿望。

回顾这一路，风雨兼程，砥砺前行。时代的发展不总是一帆风顺，小人物的或悲或喜是他们的，也是时代的。段段前进路上的挣扎、坎坷、曲折被收录在《风雨路》中。有一群人，他们想要把家安在城市，但又深知自己的根在农村，一直在往返，渐渐迷失，留不下，也回不去。有一群人，在岗位上兢兢业业，但问题说来就来，也不知是自己不够努力，还是造物弄人，有的人选择随时代浪潮走，有的人则坚持走自己的路。这些磕磕绊绊的人生故事分别以“田园将芜胡不归”“山重水复疑无路”“千磨万击还坚劲”三个篇章在《风雨路》中呈现，以窥见和反思时代前进中的问题。

风雨不停，但还好有默默奉献、甘当铺路石的一群人在为时代的未来铺设一条康庄大道。诗人左河水如此描写铺路石：“许身路径亦凌空，烈日冰霜伴夏冬。承踩扛压迎送乐，为因大众赴前程。”他们或在用一生守护前人留给我们的文化遗产，或在社会主义市场经济体制下开荒拓土，或在基层岗位上奋斗拼搏，不为人所熟知，却用心血和汗水为中国发展打下了坚实基桩。这样的故事被集结在《铺路石》一册中，该册包括“时间走过”“扬起风帆”“跌宕起伏”“栉风沐雨”“生生不息”五部分。

凡为过往，皆为序章。回望过去是为了更好地计划未来，而那颗不安于现状的心正是新潮流的起点。因为钟情于表演，她不甘受限于家庭条件，在网红圈努力开创自己的道路；因为执着于独立调查，他蜗居于7平方米的家，艰难经营自己的自媒体平台；因为痴迷于摇滚，他不愿囿于安逸的生活，拿起鼓槌奏起独一无二的人生曲。《新青年》中这样的青年人物比比皆是，他们躁动不安的心既为时代所形塑，也推动着时代的前进。该册包含“时间的沙”“上帝的门”“心里的锁”“船上的人”四个篇章，叩问心灵，寻找梦想。

在时代的巨浪中，小人物浮浮沉沉，或拥有美好回忆，或留下遍体鳞伤的痛苦，但他们的故事都印证着社会浪潮的翻滚、岁月流过的痕迹。闭上双眼，过往的时光一幕幕闪现于脑海，缝合起来便是人生的片段。拿起笔，鲜活的故事一段段跃然纸上，收录成书便是时代的缩影。

70 年，有人沉默，咬牙在绝境中披荆斩棘；有人坚忍，负重在潮流中奋力前行；有人勇敢，迎变在迷雾中努力探索；有人智慧，借机在变革中脱胎换骨……

道不尽人间烟火，数不清浮生掠影。“时代长镜头”系列丛书的出炉，离不开多年来参与稿件编辑和校对的学生们，他们是朱思敏、刘倩欣、蔡楚萍、许诗颖、关星杨、邹露、金雅如、赵媛媛、卢琳绵、连紫嫣、陈雪仪、郭美婷、董欣迪、梁思华。

时代长镜头里，记录着“大时代，小人物”的风雨人生。70 年，我们带上厚重的过去，朝着梦想再出发。

往事，再回首；烟火，是人家。

是为序。

目录
Contents

Chapter Ⅰ 时间的沙 / 001

不会打铜的手工打铜人 / 003

十年 Rocker / 015

野菜女孩追梦记 / 023

我在缅甸寺庙教中文 / 035

潘东与中国传统武术文化 / 045

命运和时代催促下的弄潮儿 / 053

十年不忘初心人 / 061

用音乐为生活写影 / 066

Chapter Ⅱ 上帝的门 / 077

酷酷地改变这个时代 / 079

风雨北漂路 / 086

家电中承载的梦想 / 095

岔路口 / 102

忠于动画之梦，存于夹缝之间 / 111

站在音乐梦想的最前线 / 121

垃圾变包袋，“再设计”师的创业路 / 130

稻城支教，燃起神秘净土的希望之火 / 137

Chapter Ⅲ 心里的锁 / 143

“我是不‘普通’的普通人” / 145

我的二胎之路 / 155

“有影迹”，消逝的历史与延续的爱 / 163

异次元的少男少女们 / 178

“绿卡”的执念 / 186

“直播不是生活的全部” / 194

初生的世界没有绝望 / 205

绕了两百公里的“两公里幸福” / 212

Chapter Ⅳ 船上的人 / 219

小旭老板 / 221

小法 / 231

“海归”“90 后”从来不是我身上的标签 / 238

自我摆渡 / 243

探寻规律的魔方少年 / 252

Chapter Ⅰ

时间的沙

不会打铜的手工打铜人

“我就是要将不可能变成可能，不然手工铜艺也走不到今天”，说这句话时，苏英敏的眉头微微皱起，手指敲在身前铜制的桌子上以突出这句话的重要之处。从他眼睛里流露出的诚恳和语气里显示出的坚定中，我们似乎可以看到过去十二年苏英敏如何在一次次的危机中化解危险迎接机遇，如何在路尽头的死胡同中又“硬生生”地闯出了一条全新的路。

苏英敏，广州天程铜艺负责人，在微博上其身份认证为“非物质文化遗产‘西关打铜工艺’传承人”。然而这位手工铜艺传承人的特殊之处却在于他从没有拿起过铁槌子“叮叮当当”地敲打出一个像样的铜艺品，却将奄奄一息的手工铜艺救活了。

“将不可能变成可能”，简单的八个字恰如其分地概括了苏英敏十二年复兴手工铜艺之路。

“天程是我爷爷的名字”

1998 年，天程铜艺在苏英敏的父亲苏广伟“叮叮当当”的敲打声中正式开铺。“天程”二字，沿用于苏家老档口店名天程美术馆，同时还是苏英敏爷爷的名字。可以说，天程一店是从苏英敏爷爷那一辈留下来的“家族生意”。

但是，作为当时广州西关唯一一家手打铜器店，天程铜艺却鲜有人问津。开铺近十年，在仅仅四平方米的老店里，堆满的是尘封的铜器，驻扎的是一位终日只顾打铜却卖不出铜器的退休老人。在苏广伟还作为店铺老板的时候，天程铜艺开了多久，苏广伟就亏了多久。炎夏寒冬，风吹日晒，唯一坚持不变的就是老人埋头打铜的身影。支撑着老人坚持下去的，就是那份对于手工打铜的喜爱。而这份喜爱来源于老人童年时西关铜器盛兴的记忆和父亲出差带回来的那一枚精致小巧铜章。

聊起广州打铜的“盛景”，老人的眼里闪烁着更加明亮的光芒：“那时候打铜的人很多，像铜碗，铜锅，铜盆这些在西关几乎每一户人家家里都会有。在重大的日子里，铜器更是不能少的！”

“但是后来国家说把铜统一收回要集体共用，打铜的人就都改行了，不要说店里没有铜，就算家里有铜也都上交给国家了。再到后来我开这家店，那时是国家刚放开了（民间）打铜，所以我才说用退休金，用家里留下来的铺面，来开这么一家打铜店，因为我退休之前是在冶金厂里工作的，会打铜。”

打铜，从孩提时代到青年工作时期再到退休之后，都占据了苏伯苏广伟生活中的大部分时刻，算得上是苏伯的“终身事业”。但对于苏英敏这样一个从来没有接触过打铜的年轻人来说，父亲的行为实在太愚蠢了，好好的退休生活不去享受，反而喜欢每天在外面风吹日晒的拿着一个破锤子做一些没有人要的东西，自己才不会像父亲那么傻拿着锤子死守着一间无人问津的店。

“我就是想他第二次退休”

父与子之间的分歧，不仅体现在打铜上，更体现在日常的方方面面里，用苏英敏本人的话来说就是“我做的事情他都会反对，他反对的事情我都会做，当然前提是不违法不违反道德底线”。年轻时候的苏英敏叛逆，不受管教，辍学以后就一个人在外面四处闯荡。“我（苏英敏）是一个不会干违法事情的古惑仔，什么把头发染成五颜六色，十只手指的指甲油颜色都不一样……只要你想到的不是乖孩子会做的事情，我几乎都试过，想不到的那些我也做过。”正是这种叛逆的性格使得父亲苏伯对其束手无策，两父子的关系也并不融洽，更不用说让这个独子回来接手天程铜艺。

可是在 2007 年，苏英敏却主动向父亲提出把天程铜艺交给自己全权打理。那一年，苏英敏 27 岁。

27 岁的苏英敏，在外漂泊已久，曾经年少无知的一番“豪情壮志”早已在时间的打磨中渐渐显露出其并非良玉的本质，想要闯荡江湖“做大哥”的梦逐渐瓦解后，漂泊已久的浪子在外历经风雨开始疲倦；27 岁的苏英敏，第一次当父亲，终于知道了做父母的不易与艰辛，同时暗下决心要好好承担起培育一个小生命的重任。

几近而立之年的苏英敏回到家里后，发现父母早已经到了需要自己的年纪，辛苦了大半辈子的父亲居然还在日复一日地不顾风吹日晒地打铜却毫无收获。让父亲“第二次退休”的想法油然而生，在同年的9月，苏英敏将天程铜艺从父亲的手里“抢”了过来。

对于为什么要用“抢”字来描述自己的行为，苏英敏坦言，当初父亲其实并不放心自己能将店铺的生意搞好，用苏伯自己的来说就是：“我（苏伯）和铜打了一辈子交道，都卖不出（铜器）。你这样一个没有碰过锤子的人怎么会做得好？”而且父亲在做生意上可以说是“一窍不通”和传统固执，自己做的决定一定会被反对。因此在答应父亲接手天程铜艺的时候，苏英敏跟父亲提出了“两放”条件，即放权和放钱，同意了自己才会接手。

但是深知自己儿子是如何“不靠谱”的苏伯又怎么会轻易地答应“两放”的条件，两父子各不让步。最终还是在母亲的调和下，苏伯答应给苏英敏一年的时间，如果能把生意搞好，那就天程铜艺以后就全权交给苏英敏负责，如果不能则自己收回店铺所有权，安安心心地打着铜，守着小店就罢，再也不做什么将店铺传下去的梦了。

但是，令苏伯怎么样也想不到的是，就是这样一个不靠谱的儿子，一个从来没有拿起过锤子打铜的不能吃苦的年轻人，将在自己手里奄奄一息的手工铜艺给“救活”了，还愈发的生机勃勃起来。

“手工铜艺的复兴其实靠的是我乱七八糟的尝试”

令苏英敏没想到的是，手工铜艺的门前竟然真的这么冷清。接手店铺十天后，苏英敏一件铜器都卖不出去。店铺虽然仅仅只有四平方米，各色铜艺品琳琅满目。看着这满屋的铜器，本来就静不下心来的苏英敏更加“坐不住”了。“怎样才能让店里有生意，还要每天都有生意”成了当时苏英敏最烦恼的事情，在思索了好几天后，他将目光投向了刚刚起步的电商。

在苏英敏看来，做电商，靠着网络，就可以将全国的市场都打通，这是一条一定可以令铜艺生意“起死回生”的妙计。可在父亲苏伯的眼里，这却是一条“把钱扔进大海里”的妙计，拿 7 万元来做电商，且不说自己的儿子如何不靠谱，就算真的靠谱，也要仔细考虑再做决定，自己坚决不能同意儿子的“胡闹”行为。于是父与子又开始为了店铺的事情而争吵。

钱在父亲那儿，但父亲苏伯并不赞成自己的想法，与其一直争执不出结果，还不如用实际行动来改变他的想法。于是苏英敏决定问别人借钱。经过多方筹措，7 万元终于如愿以偿的筹集到了，而电商之路也如苏英敏所想一般顺畅，天程铜艺当月盈利 13 万元。

如此喜人的成果当然是苏伯意想不到的，同时也是苏英敏意想不到的。最初的自己，只是凭着不怕死的性格去试一下没想到就这样误打误撞地赚到了天程铜艺的“第一桶金”，也证明了苏英敏背离传统的“不靠谱”做法是可行的。

但苏英敏知道，时间一长，只靠着网站和电商的宣传无法源源不断的大量吸引到新顾客，因此自己必须要想出新的产品来吸引眼球，制造卖点。而铜麻将就是这样一个新产品，同时还是苏英敏想出来的第一个新产品，也是全国第一个新产品。

为了打开知名度，苏英敏在网上搜寻了很多铜艺品的相关资料，但却发现怎么也没找到铜麻将的相关资料。“没人做过的东西，就代表我可以第一个做出来”，怀着这样的想法，苏英敏再次和自己的父亲商量，想着怎么将新产品“研制”出来。不出意外，苏伯再次强烈否定了儿子苏英敏的想法。“总是弄一些古灵精怪的东西，就不能正正经经地做生意”，这是苏伯对儿子新奇古怪的行为的评价。

做整套的铜麻将成本要 3 万元，还要有好几个手工铜艺的师傅才能做出来，可是父亲既不同意出钱，出力的事情自己又不希望父亲参与，因为自己说过要让父亲“第二次退休”。于是苏英敏又按照上次的做法先向朋友借钱筹集到 3 万，钱筹到了，那打铜的师傅呢？苏英敏想到自己的父亲苏伯打铜的手艺就是工作时在冶金厂学到的，那么父亲的同事也一定会打铜，只要可以将这些“老铜匠”聚集起来，铜麻将就一定可以做出来。但将人聚集起来一起打铜并非易事，“每个人都有自己的事情要忙，而且做铜麻将要做好几天，这几天的耽误和损失也是个大问题”。

为了找齐能做手工铜麻将的师傅，苏英敏找到父亲同事的名单逐个打电话，逐个登门拜访，终于在一个星期后，他用高价的薪酬和“感情牌”还有父亲的“人情牌”成功集齐了人手。在铜麻将打造出来后，苏英敏将它放在自己的网页上进行宣传，而这一次的成果，是在十天之内六家媒体专门前来采访和四平方米的小店前常常挤满了慕名而来的收藏家和顾客，天程铜艺的名声一下子被打开了。

从那以后，每隔一段时间苏英敏就会推出一款新的铜艺品，而每一个新产品几乎都能给人带来惊喜，如破吉尼斯纪录的超大铜鸟笼，在细节处做到极致的南瓜铜壶……

在采访过程中，苏英敏问了记者这样一个问题："你知不知道为什么每年都会有记者来采访我？""因为每一次我都能给他们全新的惊喜，他们每一次来，我都可以给他们看不同的产品，如果是像以前我爸爸那样只会打铜，那记者十次来十次得到的结果都是'我打铜很厉害'，那他们就不会再来第十一次。"

做电商和铜麻将取得如此喜人的成绩，其实是在苏英敏意料之中又在意料之外的。对于这些疯狂冒险的行为，他坦言自己只是单纯为了做生意，从来没有想过要复兴手工铜艺，变成西关手工铜艺的传承人，而这些行为也从来是靠自己"想到哪做到哪"的"乱七八糟的尝试"。

看着店里越来越红火的生意，苏伯开始放心了，不到一年，苏英敏将天程铜艺救活了，还获得了天程铜艺的全部负责权。但一如既往地，父亲苏伯还是对儿子的所有决定都给以反对，只是苏英敏完全"不听他的话，只按照自己的想法去做"。"在做铜麻将时我向他借三万元，他还是没借，之后我做的所有决定都没有再问过他一句"，提及父亲的反对意见时，苏英敏无奈地摇摇头。

“我做的事情他都会反对，他反对的我都做”

如果说父亲苏伯是将传统工艺坚守到极致的匠人，那么苏英敏就是将整个手工铜艺行业“玩”出新花样的革新者。行事风格的迥异，使这两父子平日里积聚了不少矛盾。而苏伯又是典型的传统意义上的严父，不懂得如何表达自己内心，比起赞美，更喜欢用否定来鞭策儿子，正所谓“玉不琢不成器”。

但在苏英敏眼里父亲的传统和固执就显得十分“愚蠢”和无聊了。一个“不怕输的混混”和一个坚信棍棒出孝子的严父之间碰撞起来会发生怎样的火花？苏英敏和苏伯告诉了我们一个这样一个答案。

在接手天程铜艺前，苏英敏在外浪荡了十几年，即使回家也并没有与父亲有过太多交心的机会，取而代之的是火药味道浓厚的争吵和无硝烟的冷战。可是在 27 岁那年，叛逆浪荡已久的苏英敏突然发现父母已经到了需要自己的年纪，于是一个习惯自由自在的“逆子”变成了一个主动承担起店铺传承重任和父亲期望的孝子。

接手天程铜艺后，“孝子”又变成了不听管教的“逆子”。苏英敏先是提出将父亲“赶”出天程铜艺，而后几乎所有的决定都会和终日埋头“叮叮当当”打铜的传统的老父亲的观念背道而驰。因而在苏英敏接手天程铜艺的前几年里，他和父亲的争执几乎没有停止过，更有一次自己刚成立了一个宣传团队后，正逢店铺变迁，团队人员对搬运工作不上心而被苏伯一气之下解雇了。而苏伯的“牛脾气”上来后，更是打电话给儿子直接骂道：“你请的都是什么人，我跟你说，如果我对你做的事情不满意，我还是可以把店铺的负责权给收回来！”对苏英敏来说，父亲的固执和对自己的不信任是他搞好天程铜艺的最大阻碍，同时也是最大的动力。

尽管苏英敏的决定在传统的苏伯眼里都是“离经叛道”的，但这些“离经叛道”的决定也都确实是为了能够达成苏伯将天程铜艺传承下去愿望所做的。父子两人并不懂得用语言去表达内心，甚至还经常用矛盾冲突进行对抗。但正是在这一个又一个的实际行动，一个又一个的矛盾冲突中，我们感受到了叛逆的儿子一心圆满父亲心愿，传承家族事业“天程”的孝顺。

现在的苏伯，正如苏英敏当初所设想一般，拿着相机用双脚丈量着世界，看着儿孙满堂享受天伦之乐。

“我要把打铜变成铜匠们赖以生存、引以为荣的文化”

天程铜艺在苏英敏“乱七八糟”的尝试下似乎是真正的“活”过来了。整个手工铜艺行业也似乎在天程的复活过程中逐渐“苏醒”过来，这是苏英敏从来没有想到的。对于苏英敏来说，开始的尝试只是为了将家里的生意搞好，但随着越来越多人开始关注手工铜艺，苏英敏觉得，自己有必要尝试将整个手工铜艺行业复兴起来，手工铜艺应当作为一种传统文化被保护传承下去。

但自苏伯重新开店以后，没有生意的日子十有八九。可这也正常，从国家统一收回铜再到允许民间造铜经历四十年的变迁，陶瓷、玻璃、不锈钢等已经慢慢成为人们日常生活中常用器具的主要材料。

手工铜器，价格高昂还麻烦，既没有人买，那也就没有人卖，因此很长一段时间内，天程铜艺这一间广州西关内唯一的手工铜艺店鲜少有人问津，就连路过的邻近街坊都不知道原来这里还有一家打铜店。父亲苏伯坚持了十几年打铜却无人问津的故事告诉苏英敏：仅仅靠日复一日的捶打并不能真正地将打铜工艺传承下去，只有将打铜成为铜匠们可以赖以生存的手艺，手工铜艺的文化才会有传承下去的可能性。

但家家户户都必备铜器的时代早已过去了，铜器不再是人们日常生活中的必备用具，那么作为非必需品，铜器要变成可被收藏的艺术品就是苏英敏带领天程铜艺走的方向。从第一个创新品铜麻将，到铜鸟笼，再到今年新推出的铜酒杯，几乎每一个创新品都是观赏性、收藏性和实用性并具的，既然可作为收藏艺术品，那么其价格也就愈发的高涨起来。打铜的手艺能够赚钱了，手工铜匠也就多了起来。短短的几年内，天程铜艺的附近连开了好几家手工铜艺的店铺，恩宁路又重现了当年“打铜一条街”的盛况。

让铜匠们赖打铜以生存只是苏英敏复兴手工铜艺行业的第一步，他的第二步就是要让铜匠们引打铜以为豪，让大众认可手工铜艺就是一门艺术和一门文化。

因此，苏英敏第二步最主要的就是将铜匠们的铜艺作品拿到奢侈品展，让这些铜艺作品变成奢侈品。

作为手工铜艺传承人，苏英敏对打铜可以算得上是一窍不通，但他懂得如何将手工铜艺推广出去，让铜匠们有饭吃，并且受到尊重。正如他在一次采访当中提及的：“其实打铜的师傅到处都有，可是没人会把他们包装起来，所以他们只会认为打铜只是一门谋生的手艺而已，没什么大不了的。那么，我要做的，首先就是让他们对从事这个行业有自豪感，然后让更多人看到，靠打铜是可以谋生的。”

如今，苏英敏的铜艺生产线上已经有好多个20几岁的年轻人可以接力将手工铜艺传承下去。

“我就是要把不可能变成可能”

“前十二年我们一直在做铜器，然后卖铜器的事情，在做和卖的模式上（铜艺）已经到达的顶峰，无路可走了，所以接下来的十年我们希望能将手工铜艺和其他文化结合起来，和品牌结合起来，增加手工铜器的知名度和收入来源”。而当下苏英敏正在努力的就是将天程打造成一个汇聚所有打铜师傅力量的平台，他不仅重金聘请优秀的铜匠，还要将其他铜艺店里好的铜艺品的代理权拿过来，放在天程的四条产品线之一“一铜天下”里，将整个铜艺行业的健康生态建设起来。

除了要将铜艺的健康生态建设起来，和其他非物质文化遗产的合作，同时将其他“非遗”行业带动起来也是苏英敏的未来蓝图的一部分。传统文化的传承，应该合作起来，顺应时代的变迁而革新才能更好地存活下去。

愿景很宏大，正是因为宏大，才有了无限的可能性。“要将不可能变成可能”，因为可能的事情大家都能做到，不可能的事情只要一个人把它做成了，那么就能带领大家不停歇地往前奔跑着。也不能说觉得累了就停一停，因为要知道“我们如果走慢一点就会死掉”。“死掉”不仅仅是说手工铜艺行业里竞争的激烈，更是体现了这个时代对于传统文化的无情。如果一项传统跟不上时代的发展，那么它最终会被人们抛诸脑后。

泡开一壶茶，一缕烟雾缓缓升起。苏英敏说，现在的他更喜欢一个人在这个全是铜艺品的房间里泡一壶茶，静静地思考着铜艺的未来。这个曾经急躁，喜欢无拘无束的“混混”终于懂得了平静地体会时光流逝的乐趣，一如往日其父在四平方米的小铺内日复一日地敲打着铜壶那般。他两臂的文身是一双子女的名字，这位父亲也将肩负起把天程传承给下一代的责任。曾经如此喜欢新奇事物的少年现在还是否觉得一生守着手工打铜很愚蠢很无聊，苏英敏说：“这样的愚蠢其实挺好的，我觉得一辈子做从事这一行，对我来说是一种享受。”

（文中人名均为化名）

（文 / 梁思华）

十年 Rocker

“我拿青春赌明天，你用真情换此生。岁月不知人间多少的忧伤，何不潇洒走一回！”

人来人往的沿江路上，萦绕着一阵歌声，听闻路人说一支从北京南下到潮汕的乐队在义演，我循着旋律与鼓点找过去，刚好踏上“走一回”最后一个收尾的鼓点。随着最后一秒鼓槌敲击在鼓镲上发出清脆的一响，我的目光落到了这位反戴着棒球帽的年轻鼓手身上，黑框眼镜，水洗牛仔，身材微胖，脚踝处露出文身的一角，但眼神中却有着与外表毫不相配的沉稳。这是我两年前见到他时的场景，他叫阿树，那时候的他 28 岁。

18 岁，放弃高薪，拿起鼓槌

在香港出生长大的阿树，从小生活自由，有着一股任性和狂放。

2005年，阿树18岁，那一年的他刚从厨艺学校毕业，在餐厅工作。那一年正值窦唯、张楚、何勇和唐朝乐队在香港红磡体育场举办十周年纪念演唱会；指南针乐队、唐朝乐队、零点乐队、黑豹乐队等乐队驰骋中国摇滚乐坛；《摇滚》等地下刊物也由北京开始，向全国各地传播着；整个中国乐坛掀起继80年代后的第二波摇滚热浪。那个时候的中国摇滚没有方向，但是却因为没有方向，而拥有了无尽的可能。“那时候我刚刚入职，拿着每个月六千五百的工资，一年后就翻到了一万三，在那个年代这真的是一个挺不错的薪酬。”阿树说着，拿起鼓槌端详，“但是我觉得很没意思，这不是我想做的，我就跟老板辞了职。”那时候的阿树，其实并不知道以后自己会走上什么样的路，也不知道音乐、摇滚、乐队这些字眼会终其一生跟随着他。但是他心中就是燃烧着一股信念：我想要做音乐，我想要打鼓。

于是19岁的他，用自己的积蓄租了一个小平房，买了许多爵士鼓的书，窝在房子里夜以继日地练，自学一年拿到了英国皇家音乐学院爵士鼓最高级证书。“现在回忆起来，觉得当时真的太苦了，也不知道自己是怎么坚持过来的，我只知道那时心里有一个念头，就是我一定要做到。”

那个时候阿树也遇到了他人生中相伴最久的一支乐队——形而下乐队，于是这一群激情澎湃的年轻人，带着吉他、贝斯、鼓槌、键盘和他们对摇滚的狂热，开始了他们的七年摇滚之旅。

漂泊的旅程，不变的心

阿树把玩乐队比作谈恋爱，恋爱中的情侣倘若吵了架，有了心结，便不能自在的约会，乐队员之间如果有了矛盾，乐器便不能完美地融合到一起。阿树和形而下乐队的这场七年恋爱马拉松，也在热情不再、碰撞不再后，选择了大家各自离开。而阿树选择离开香港，奔赴北京。

“北京有着很浓厚的音乐文化，几乎每天都会有新的乐队成立。”来到北京不久的阿树，便找到了一拍即合的队友，谈起了他的第二场恋爱——干扰电台。在北京的日子里，阿树对摇滚和未来有了新的思考，他开始思考起了摇滚文化发展、乐队文化发展的根基，思考起了热爱与谋生的平衡点。

在北京的日子里，阿树去过很多地方演出，在北京的猫 Live 演出过，也在全国各个城市留下过足迹。看着琴行墙上过往的陈旧照片，阿树捋起裤脚，点起一根烟，透过弥漫在空气中的烟圈，我看到阿树小腿上刺满了一棵枝叶茂密的树。“但是印象最深刻的，还是那年正佳广场的表演。”阿树掐灭了烟头，这样说道。

那个时候的正佳广场每个星期都会有一场大型的音乐演出，政府提供支持，配备了一系列优质的音响设备，每一个星期负责人都会在全国找一些乐队赴演。“那里的观众对音乐、对 Live 的享受有着很高的情趣，每个星期时间一到就会有几百人在台下等着听演出。”阿树回忆着当时的场景，感叹着这一场给他留下许多感动的演出。北漂后的阿树，开始对摇滚、对乐队文化有了不同的感悟，年轻时单纯的激情与热爱逐渐沉淀了下来。

潮汕 Live 文化的开山者

2014 年，机缘巧合下，阿树来到了潮汕，来到了揭阳。在这里阿树认识了现在的乐队——时间先生，开办了自己的琴行——乐团公社，乐团公社优质的音响及排练房设施使之成了揭阳地区乐队排练的首选之地。购买乐器、音乐培训、乐队排练，各种各样的业务为乐团公社带来了较为稳定的收入，乐团公社的收入成了阿树的经济主要来源，一些驻场演出成为了阿树额外的收入。“但是我一直跟我的乐队成员们说，我们一定要分得开任务和热爱，当我们在商演的时候我们绝对不能忘记我们最开始热爱的、追寻的是什么。走得越久，我们越要清楚自己的内心，越要把热爱与现实分得够开，不能让我们所信仰的东西沾染上功利的色彩。”正当我疑惑着音乐与谋生间的矛盾时，阿树一席话让我豁然开朗。我坐上了鼓椅，踩着地鼓感受它的震动，在地鼓的余震中，我问阿树，那是不是现在的你玩音乐和十年前的你玩乐队最大的不同，就是现在的你已经能够分得开任务与热爱，但是已经渐渐失去了当年的热情，慢慢开始向现实低头了呢。听完我的问题，阿树笑了，接过鼓槌 solo 了一段，鼓点快而稳，充满变化却又游刃有余。

对现在的阿树来说，变化的不是对音乐的本心，而是心态的成熟。“十年前玩乐队，追求的是自己爽，自己在台上演得爽就够了。十年后的我，想要把这种感觉带给大家，想要让大家和我一起体验这种愉悦，我想要将摇滚音乐的理念传达给大家，将乐队、Live的氛围带动起来。”现在的阿树开始投身潮汕地区的Live文化建设，在乐队文化、Live文化几近空白的潮汕地区，毫不退缩地担起了开山者的角色。

潮汕地区Live文化、乐队文化的缺失与其区域特性有难以分割的关系，潮汕地区的人们思想相对闭塞，对外界有排斥心理，长期不与非潮汕人通婚并且子女较多，所以常常呈现大家族聚居的现象。因此在潮汕地区长久的流传着一种家族观，不接受外来人口，不接受新文化。这导致了潮汕地区文化的故步自封，产生了巨大的回音壁效应，在这个过程中围墙外开放的文化无法流入，新鲜的血液无法注入这片古老的大地。潮汕人作为东方的犹太人，有着非比寻常的“精明”。潮汕地区推崇两种人，一种是从政做官，撑起一个家族的底气；另一种是经商致富，给一个家族带来兴旺。关于经商致富的书籍在潮汕地区满地开花，几乎每一个家庭中都会有着几本“发财之道”之类的书籍。

这种极致的商人精明主义和潮汕一些地区的落后意识糅合起来，就容易造就一种狭窄的功利主义。这种功利主义在乐队文化上表现得极其明显，家长愿意送孩子去上钢琴课、小提琴课，因为学这些“有用”，或可以满足他们在儿女教育上的虚荣心，又或可以防日后成绩不好时可以转寻艺术生之路。但是家长们不愿意孩子们花时间去玩乐队，去看Live演出，因为玩乐队是一种浪费时间的行为，因为它“无用”。所以在这种狭窄的功利主义驱使下，本应充满活力的年轻一代被屏蔽了接触乐队文化、摇滚文化的渠道，最该燥起来的血液被雪藏。

“所以我们要做，不断地做，去填满这个坑。也许轮不到我们去种下这棵树开花结果，但是我们填满了这个坑，后面就一定有人可以种下，这就够了。”阿树在来到潮汕不久后，就有了在这里开一家 Live 的想法，但是仔细分析后他就明白了这是现阶段无法实现的一件事情。因为潮汕地区没有形成一种乐队氛围，还有很多人不接受乐队这一种音乐形式，还有很多人对 Live 不了解。“花钱看完电影之后你带不走什么，还是会有很多潮汕人愿意花钱去看。一样都是花钱买消遣，但是他们不会愿意花钱去看一场 Live，这就是因为在普罗大众心里，Live 和乐队的形式还没有被普及，氛围还没有形成。”

但是这一切并不是无法改变的，现代科技的发展让潮汕地区与外界信息交流越来越多，已经不再存在以前的信息围城现象。外来人口所带来的多元文化碰撞也越来越多，区域的文化容忍接受度也越来越广。但除了条件上的愈加开放外，最重要的是如何去影响这个地区里的新鲜血液们。作为一个人口净流出的地区，阿树做的就是去影响现在留存在这个地区里的新鲜血液们，打破以往的屏障。

阿树定期在揭阳唯一的一家大学里给音乐社的同学们上课，在上课的过程中去普及、推广 Live 文化和乐队文化；阿树和他的乐队也在沿江路进行义演，年年月月，不计代价；阿树极力地推广着、努力着，在许多的商演中推广增添了乐队形式的表演。

“我做的这些事情，是看不到回报的。但是并不是做每样事情都要看到回报，很多无形的东西需要量变，积累到有一天就会产生质的变化了。”阿树并不计较他的义演，他去学校给大学生上课是不是有获得和劳动等值的回报，他想做的仅仅只是抱着初心，抱着一腔热情，带着大家一起走近摇滚文化、走近乐队文化。对阿树来说，这样不停地做的理由只是想要让潮汕这片大地也燥起来，让这片土地上守旧了太久的人们也能知道我爱你与金属手势的区别，让这片土地上的年轻血液也热烈起来投身其中，再以星星之火，燎遍潮汕大地。

也许阿树做的这些，一年两年内看不到起色，也许一年两年，潮汕的乐队氛围、Live氛围还是没有变化，但是许许多多像阿树一样愚公移山的人聚集在一起，一定可以让这片大地涅槃。“我身边还有许多想留在这里的人，有信心改变这里的人，所以我想我会留在这里，不会离开。”对阿树而言，也许他现在做的一切都像无用功，但在不久的以后，他们所填补的这个坑将会成为滋润后来者的肥沃土壤，让Live文化在此生根发芽，开花结果。

阿树自嘲乐队人都是神经病，有着严重的妄想症，看着拿起鼓槌的他，我仿佛看到了一个拿着武器的狂剑士，在舞台上尽情地展现着他的能量。我环顾了一遍贴满着隔音泡沫的排练房，问阿树可不可以再打一遍当年的《潇洒走一回》。看着稍带成熟了的阿树依旧沉浸在拍点之中，我感到全身的细胞都跟着鼓点跃动了起来。随着最后一秒鼓槌敲击在鼓镲上发出清脆一响，我问阿树，为什么你能打十五年鼓，却从不放弃。阿树告诉我，打鼓给他带来了一种存在感，只有打鼓的时候他才有一种真真切切地活着的感觉，这是一种无与伦比的美妙。

阿树把鼓槌放进了鼓袋，看向我。

“而现在，我想要把这种感觉带给这片土地。”

（文 / 孙绮曼）

野菜女孩追梦记

刚从珠海唐家湾高铁站走出站，我就看到了婷子。

顶着一头乱糟糟的棕黄色短发，穿着简单的灰色T恤和蓝色牛仔裤，婷子正一个人靠在墙边玩手机。这和她平时出现在直播间中妆容精致，穿着时尚的形象大相径庭。但她不施粉黛的面孔还是时不时地吸引着一些年轻男孩的目光。她的脸蛋仍然让人觉得惊艳。

我悄悄地走近她，她一直没发现我。探头一看，她正剪辑自己刚拍的香水测评短视频。“呀！你什么时候来的，怎么不出声儿？”婷子扭过脑袋，被我吓了一跳。我笑嘻嘻地挽着她的手臂走出门口，“想看看你这个大忙人什么时候才能发现我。”

这是我和婷子认识的第八年，从初中到现在我们一直是好朋友。后来婷子高考失利，去了珠海一个二本院校读书，在学校她是一个低调的走读女孩儿，回到自己在珠海租的单间里，她又是一个小有知名度的“00后”网红。

随处扎根的野菜女孩

今天来得不凑巧。

婷子晚上要去一个植发机构咨询植发的相关事宜，还约了一个皮肤管理中心的美容师帮她文眉。婷子看了看手表，“如果时间允许，我还想问问他们怎么让我的眼睫毛变得更翘。”在很多人眼里，婷子皮肤白嫩，眼睛大大的，最重要的是她笑起来有一对可爱的小梨涡，五官组合在一起很有灵气。我们初中的一个语文老师常常叫她“阳光小美女”。

但是婷子总是觉得自己的五官有缺陷，她最不满意的就是自己光秃秃的大脑壳。在直播的时候，她常常半真半假地说：“等我有钱了一定去植发。”陪着婷子咨询完植发机构后，我们在路边叫了一辆车赶去文眉的地方。文眉大概要花四个多小时。文眉师问她：“你想要什么样的眉形？”婷子掏出手机，点开了一个网红的照片，她告诉文眉师自己喜欢这样比较有元气的少女眉形。这样眉飞色舞的婷子，和我印象里的那个她有些不同。坐在旁边的榻榻米上，我的思绪越飘越远。

2000 年 2 月 5 日，婷子在河南南阳出生。8 岁以前，婷子没有长久地在某个地方待过，先后跟随爷爷奶奶在河南南阳、湖北武汉和襄阳生活过。直到 8 岁那年，她来到广东佛山，和父母住在一起。由于父母工作的原因，即便是在佛山，婷子的住所也一直在更替，频繁地转学让她几乎没有特别要好的朋友。

前几天刚和婷子通话过，她无奈地说自己现在没有家了，她唯一的“家”就是在珠海租的房子。由于资金周转，她的父母卖掉了房子，住在员工宿舍里，婷子连自己最后的房间也没有了。在电话的另一头，婷子说：“我一直都觉得自己像是一根野菜在野蛮生长，感觉一直是自己给自己鼓励，自己给自己爱生活下去。”

婷子和家人相处的时间很少。“小时候我一直待在爷爷奶奶身边，来到佛山上的都是寄宿学校，平时爸爸妈妈在家的时间不多，我和父母相处的时间很短。有时候他们会关心我，但是你知道这种感觉吗？”声音戛然而止，婷子突然长长地叹了一口气，没有继续说下去。过了一会儿，她低低的声音从话筒中传过来，“他们大概是爱我的吧。可能他们就是这样的人吧，或许是不懂得怎么表达自己的爱，也或许他们觉得，给我的爱已经够了。有时候我也不知道，为什么他们不能给我想要的。”

不远处婷子还在开心地聊着天，好像前几天的通话全被抛到脑后头去了。晚上十一点多，婷子纹好了眉。

回到婷子的住处，她开始收拾洗漱。浴室里的洗漱台摆满了瓶瓶罐罐，废弃的浴缸成为婷子另一个储物间，里面铺满了衣服。梳妆台上，一篮又一篮的化妆品堆满了桌子。其中一筐口红格外引人注意，里面大约有一百支口红，大部分都是崭新的。

“怎么买了口红都不用？”

“从小就这样，有喜欢的东西就会一直买。感觉我有收集癖，我的衣服、指甲油、洗发水、沐浴露、洗面奶什么的都很多。”

“买了会让你快乐吗？”

“快乐，但是怎么说呢，我不知道自己要买多少东西才能真正快乐。”

网红？演员？

晚上 12：00，夏湾市场，燊记食店。

“老板，一个海鲜肠粉、蚝烙和湿炒牛河。”刚坐下，一晚上没吃饭的婷子熟练地点了餐。夜晚的夏湾熙熙攘攘，对面的路边各式各样的海鲜烧烤店在吆喝着，马路边停着着一排排的的士，比起白天，这里的夜晚似乎更加喧嚣。

忙碌了一个晚上的婷子总算可以停下来歇息一会儿。

“现在有多少粉丝量了？”

“抖音 11 万，快手 33 万。”

“粉丝多起来的感觉如何？”

“我知道有人喜欢我，这让我很有安全感。”

……

婷子是在高二那年接触到网红圈的，当时她的一个同学阿岳是一名网红。有一次婷子在阿岳的视频里露了个脸，婷子的颜值一下子吸引了许多阿岳的粉丝。随后阿岳帮她开了个快手号，刚开通婷子就有了一千多个粉丝。

“我当时也没想过当网红，只是有人关注我，我就很开心。”高考过后，婷子渐渐有了网红的样子，她慢慢开始认真经营自己的快手号、抖音号，时不时地发一些自己跳舞的视频上去，人气和粉丝量也在逐渐上涨。

"选择进入网红圈，是为了更近距离地触碰我的梦想，我太喜欢表演了。如果我能在网红圈有一席之地，我就有了进入演艺圈的可能性，如果我攒够了出国读书的经费，我就可以去国外学表演。"而没有参加艺考是婷子心里始终的遗憾，高考完婷子曾经有过无数次想要复读的念头，但是最终都夭折了。"如果你家里有钱，你复读就复读了。但是我呢？经济条件不好，父母不支持我，我只能成功，不能失败，我觉得我做不到，还是放弃吧。"

从网红到表演，是婷子的梦想；从表演到网红，这是婷子讲述的另一个故事。像婷子这样在网红圈追梦的人不多，而进入网红圈渐渐偏离了航线的人却不在少数。华南农业大学的依琳就是一个例子。

高考结束后，有幸考上了华农表演系的依琳，在网红圈一炮而红之后休学了。半年前，依琳只有 13 万粉丝，偶然间因为一个视频火起来之后，她一下子涨了四百多万粉丝，从那以后，她就开启了自己全职网红的生活。"她现在一个月能赚几百万，在那之前，她家庭环境不好，有个弟弟还在读书，家庭负担还是比较重的。休学对于她而言或许反倒是个不错的选择。"

还有一些人进入网红圈，是无可奈何的选择。婷子特别提到了一个网红，叫肆肆。2003 年出生的她，现在本该在校园里享受美好的青春时光，却因为母亲的脑血栓不得不辍学打工。凭借着卖衣服、视频直播，肆肆目前月收入达到三万左右，而这些来之不易的费用都用来支付母亲的医疗费和补贴家用了。

婷子曾经问过肆肆："如果不当网红，你觉得你可能会做什么？”

肆肆说：“我可能会去某家卖衣服的店当导购员吧。所以趁现在我还火着的时候，赶紧多赚点钱。”婷子一直没有忘记过这个对话。

对于婷子而言，网红圈的诱惑实在太多，有时候她也会羡慕，别人年纪轻轻就已经收入几百万，为什么自己不可以呢？但想完之后她又会摆正自己的心态，“我最终的目标是表演，我不想有一天被别人诟病我只是一个会赚钱的网红。”

一个人的网红路

凌晨一点多了，老板已经准备收档，而外面闹市的吆喝声仍然没有停止。

不远处一个糖水铺生意正旺，婷子在糖水店点了两杯红豆薏米糖水。老板娘麻利地装好糖水递给婷子。只看见婷子依然站在原地，手机不停震动，她忙碌地回着不断弹出的消息。老板娘叫了两声，婷子都没注意到，就在老板娘失去耐性之前，她才反应过来。

“怎么这么晚还要回复消息？”

“和一些找我推广的品牌商商量定价，还有一家网红公司说想要签我。”

“对方开出什么条件？”

“他们说会有策划、有团队包装我，让我火起来。之前还有一家公司说保证我月收入过百万，我差一点儿就动心了。”

婷子拒绝了所有的签约邀请，她明白这些诱惑的背后往往隐藏着许多陷阱。网红公司签一个网红一般要签五年，在这五年里，公司利用网红的流量变现来赚钱，所赚到的钱将会和公司按照一定比例分成。网红公司有着严格的等级秩序，流量越高，等级越高，公司里等级高的大网红会收一些小网红当徒弟。小网红的生存条件往往比较恶劣，不仅要给大网红当“背景墙”，当配角，还要被迫拍一些很低俗的视频。有些网红公司不仅压榨网红新人的劳动力，每天只能睡两三个小时，甚至还会倒扣这些新人的钱。

“一个女孩最美好的5年就这样被白白浪费掉了，即便如此，圈内仍然有许许多多的年轻人想要被签约，想要出名赚钱。”婷子忍不住感慨道。

“我不签约是因为我不想被奴役，我不想沦为赚钱的工具。我是需要钱，需要名气，需要完成自己的梦想，我也承认进入这些公司或许能获得更多的机会，但是我也明白，一旦进入网红公司，我可能会和我的梦想渐行渐远了。”在不被网红圈的各种诱惑迷乱了双眼这条道路上，婷子一直很努力，也一直在挣扎。

“不过，我也不知道我能坚持多久。”婷子无奈地耸了耸肩。

无法公开的恋情

婷子和现在的男朋友阿强已经在一起三个多月了。

缘分总是在不经意间出现。婷子和阿强住在同一个小区，一次偶然的相遇，阿强对婷子一见钟情，经过不断地了解之后，两人顺理成章地在一起了。

婷子谈恋爱，父母可以知道，身边的同学朋友可以知道，但是她的粉丝不能知道。这是婷子的人设，“单身正能量小仙女”的人设一直为婷子的粉丝所喜爱。

“其实我们俩一点都不搭，无论是相貌还是学历。”就读于珠海一专科院校的阿强，是个普普通通的男孩，走在街上，个子不高的他在长相甜美的婷子旁边总是显得有些不协调。“粉丝们不乐于见到这样的画面，我们俩在一起的画面不能满足她们的审美预期，粉丝们看着会很难受。”

除了不能公开，婷子网红的身份还给这段恋情增加了许多波折。阿强刚认识婷子的时候，并不知道婷子是个网红。直到有一天，他看到婷子在拍视频，才知道婷子是个网红。“他知道后很不高兴，他觉得我就是那种很物质，想要钓金龟婿的那种网红。”

这种负面的评价婷子也不是第一次接触了，但是对于被阿强误解她还是很沮丧。经过一番解释，阿强才慢慢打消对婷子网红身份的偏见。但是阿强在这段恋情中还是很没安全感，因为婷子每天都很忙，很少有空去陪阿强。普通情侣的看电影、逛街对于他们而言都是比较奢侈的。即便是在一起的时候，因为婷子常常要回复很多品牌商的、粉丝的信息，阿强总是被晾在一边。

“有时候我希望我的男朋友忙起来，这样他就不会总是想着要我陪他了。”婷子无奈地说道。

“你对你们的这段恋情有信心吗？”

“走一步算一步吧。其实有时候，我也有点嫌弃他，我甚至没有保存过他的照片。我想他慢慢成为我喜欢的样子。”

“你不喜欢他吗？”

婷子沉默了，她在思考怎么回答这个问题，她慢慢地吸了一口红豆薏米糖水，“我的工作性质让我没办法全身心地投入到一段恋情当中，我其实没有很喜欢他，可能孤独了，可能想要人陪，现在已经变成一种习惯了。”

像婷子这样无法公开恋情的网红有很多。从某种意义上而言，网红和明星是有些类似的，他们谈恋爱会比普通人经历更多困难。和圈内人谈恋爱互帮互助的也有，但是很容易因为利益纠纷最终分道扬镳，甚至有些网红情侣的分手都是一场轰轰烈烈的大战；和圈外人谈恋爱通常不能公开，还要考虑对方和自己是否“相配”。为了维持人设以及考虑粉丝的承受度，网红们常常选择单身或者谈一场悄无声息的恋爱。

“我挺能理解阿强的，不被承认是一件很令人难受的事情。”婷子最后又补充了一句。

我是谁？我能成为谁？

凌晨两点，婷子依然很清醒。

也许是夜色太美，晚上的她不像白天那么寡言。婷子的粉丝也许不会知道，平时在视频里絮絮叨叨的她私底下是一个很安静的人。婷子也坦言，进入网红圈之后，她在现实生活中愈发地不想说话。

“回去吗？”糖水快见底了，我转过头询问。

“再走走吧。”婷子提议去旁边的夜宵市场走一下。

走在小街上，婷子问我：“你觉得我是个学生，还是个网红？”

我斟酌了一下：“你都是。”

“有时候我觉得我都不是，我很焦虑。”

现在的婷子不仅焦虑，而且迷茫。早早从学校搬出去住的婷子，和学校里的大部分同学接触不多，偶尔的小组作业也不过是让她结识了几个点头之交。而身处网红圈的她，由于不想被圈内的不良风气影响，既不签约公司，也没有结交其他网红捆绑合作，就连圈内邀请她的一些聚会，她也不去参加，她始终觉得自己不是真正意义上的网红。

“我常常在思考，现在的事情到底是不是我应该在做的。我是个学生，我是不是应该继续专心学业，回归正常的校园生活？学校里很多人觉得我很超前，和他们不一样，可是这个“超前”的我其实在网红圈内处于边缘化的地位，我自己也一直在怀疑自己，我不知道我生活的重心在哪里。”

作为一名兼顾学业的网红，婷子总觉得自己一直处于被消耗的状态。每天正常上下课完成作业，洽谈品牌推广，拍视频剪视频，所有的事情都需要婷子自己打理。在这种高压状态下，她也曾萌生过休学的想法，但是她始终觉得，自己在网红圈追梦之前，首先还是一个学生，学业不能放弃。

而最让婷子不安的是，她对自己能否成为演员并没有把握，她也不知道自己该走哪条路。她想通过成为网红增加曝光量，获得演戏的机会；也想回归正常的学习生活，申请国外的学校学习表演，但这就意味着她不能再花特别多的时间在网红这一方面。

“比起成为众多网红的一个，我更想成为独一无二的演员。但我开始迷失，我到底适合做什么，应该做什么，我能成为一名好演员吗？如果按照现在的轨迹走下去，靠着平台上的这些粉丝量和曝光量，我就能得到我想要的吗？有一天，我会被埋没，然后泯然众人吗？”

我们沉默了。婷子在努力地追梦，但她常常有种无力感，自始至终只有一个目标的她为什么要走一条那么崎岖的路。和婷子聊完的一个星期后，她来广州咨询其他植发机构，顺便和我一起吃了顿饭。

吃饭的时候，婷子播放了一个网红几段视频。这个网红最近成了热点，作为一个饮食障碍者，她的一生结束在她直播的最后一个视频中——她在直播进食红豆饭团的时候，无意中被噎死了。这个用“努力吃饭”来证明自己还活着的40多岁的中年妇女，最终成了网友们口中的“被红豆饭团噎死的美人Youtuber”。

这个网红最终的结局让人觉得诧异又荒谬，我沉默了许久，简短地评论道：“她其实很努力地在活着。”婷子说：“每个人都很努力啊，但不是努力就可以了。”

看着坐在对面的婷子，我又想到了在珠海的那个夜晚。我们最终在凌晨三点的时候坐上了回去的车。那时的珠海公路上，只有稀稀落落的几辆车，司机大胆地在高速公路上“飙车”，打在脸上的风很大，凉凉的。

我和婷子并肩坐在后排驾驶座，我问她：“你还知道自己的航线在哪里吗？”

婷子趴在车窗边，她的发丝飞舞着，遮住了脸上的表情，只听到她心不在焉地回答："谁知道呢。"

轻飘飘的四个字仿佛随着珠海的晚风一起消散在空中。

（文中人物均为化名）

（文 / 赵媛媛）

我在缅甸寺庙教中文

当第一次踏进那家中国人开的中医诊所的时候，刚刚高中毕业的缅甸籍华裔的张冰不会想到，5 年后的她会有机会在缅甸的一所寺庙内教中文。

作为一个佛教国家，缅甸的寺庙众多，但大部分寺庙都靠着信众的香火接济为生，环境简陋，教育条件匮乏。经一家机构的介绍，学习中文两年有余的张冰来到了缅甸仰光的一所寺庙，负责给那里的孩子教汉语。尽管生活艰难，但是他们很珍惜这样的一次机会，学习中文的积极性很高，每一次上课都会早早地等她来。

从刚开始一个汉字都不认识，只能靠谐音进行记忆，到现在可以流利地和中国人交流，并登上汉语桥、央视等越来越大的舞台，张冰通过中文开启了不一样的人生。

尽管有着许多殊荣在身，但她始终觉得自己只是一个普通的留学生，以至于当关注袭来时，她还显得有点措手不及，与记者见面时，第一个问题就是：你们为什么要来采访我？

中缅两国文化虽背景相融，但碰撞起来却总有新奇和乐趣。当张冰第一次来到中国时，有一种“乡下人进城”的感觉，地铁出行、移动支付等……打破了以往她对于中国的印象。

以下，是张冰的口述。

出于偶然

和一些人从小接触汉语、喜欢中华传统文化不同，我接触到汉语完全是出于偶然。虽然是缅甸的第四代华裔，但是家里没有人会说汉语，自己之前也没有了解过这门语言。我记得当时的我刚刚高中毕业，上大学之前大概有一年的时间等待成绩。正巧在那个时候，有一个朋友介绍说，有一家中国人开的诊所正在招兼职翻译，问我有没有兴趣。当时我就想，反正闲着也是闲着，倒不如去尝试一下，也可以当作是一份经验的积累，但事实上，那时的自己连一句汉语都不会说。

我记得，当我第一次走进那家诊所面试的时候，医生问我：“你来应聘做什么？”我用缅语回答：“不是这边缺翻译吗？我是来当翻译的。”听到我的答案，医生就愣住了，他不明白我一句中文都不会说，为什么要来面试当翻译。看到他很犹豫的样子，我就和他沟通：“或许可以试用我一个月看看，一个月之后如果您觉得我还可以，我就留下继续工作；如果不行的话，您也可以不用给我付工资，就当来帮忙。”可能感觉我很好学，经过一番讨论之后，没想到诊所的医生真的同意了。

一开始的时候，医生并没有让我翻译，而是安排我跟在诊所翻译姐姐后面学习。那个时候，我并没有系统地学习汉语，每天都是他们在交流什么，我就背什么。创口贴、肘关节、腰椎、颈椎……每当我听到不熟悉的词汇时，我就会记录在我的本子上，就这样，每天大概可以背诵二十几个单词。因为只会简单地交流，我也闹过很多笑话。记得有一次，有一位病人是来治疗男性方面的疾病，由于缅甸是一个比较保守的国家，对这些疾病不是很了解，我自己也不明白这个疾病到底是怎么样。第二天那个病人来复诊的时候，我问他："你感觉怎么样，病情有没有好转？"病人一直在回答："不知道。"我当时就很奇怪，你自己的身体感觉怎么样，你怎么可能不知道，所以我就一直在问，两个人就僵持在那里。后来，翻译姐姐过来说，你不要问了，这种情况很正常，我才没有继续询问。过了很长时间之后，我才慢慢理解这件事。

我学习汉语的历程，不是先学拼音，再学汉字，而是完全在中医诊所里面"随便"学。一开始的时候真的很困难，因为简单的生活用语我都不会，所以每次说话的时候，就像哑巴一样，一句话里面包含着英语、缅语、手语，混合起来使用。比如去买果汁，我都不知道应该怎样去表达，一定要拿来水果的实物，告诉我这个是苹果，这个是柠檬……我就这样一点点去记忆，所以当时真的很辛苦。不过在诊所的一年半，我收获还是很大的。虽然还是有一点"哑巴汉语"的感觉，但我的听力水平得到了很大的提高。

后来，因为诊所的医生需要回国，没过多久诊所就关停了。之后我又找到了一份在矿业公司的工作，给在那里的老师当助理。矿业公司的中文环境和诊所的完全不同，可以说，这一次又是“从头学起”。

工作期间，老师在和我日常交流之外，教授最多的就是那些矿物名称，酸性、二氧化碳、铜矿、锡矿、锰矿……这些单词用缅语怎么读，我都不一定知道，还需要用中文去记，并且把它翻译成英文，所以当时工作的时候，压力真的很大。有一次，因为我还不熟悉硫酸的汉语发音，老师叫我拿硫酸的时候，没有严格按照要求操作，导致很多硫酸洒在了我的腿上，牛仔裤破掉了，大腿也脱皮了，仿佛烫到了骨子里。整整一个月之后，我的腿才康复。经过这件事情，我警告自己，以后一定不能再犯同样的错误。

尝到甜头

在诊所工作了几个月之后，我慢慢发现，自己的汉语水平得到了一定的提高。不仅如此，我没有想到诊所老板给我结了第一个月的工资。拿到薪水的那一刻，我很有成就感。尝到了学习汉语的甜头之后，我萌生了想要继续从事汉语这方面的工作，放弃上大学的想法。当家人得知我的打算之后，他们立马表示了反对。就这样放弃当工程师的机会，选择去学当时还是冷门的汉语，家里人觉得一点都不值得。尽管家里人不是很理解，但是我还是很坚持我的想法，要去学汉语。

缅甸的大学没有专门的汉语专业，要想学习汉语，只有孔子课堂这种形式，每周大概有固定的两三堂课。当时在孔子课堂学习汉语的时候，我还在矿业公司工作。到了上学的那一天，我每次都要从早上开始工作到下午五点，晚上再去孔子学院学习，回家的时候基本上已经十点，甚至十一点了。因为还要准备第二天的工作、学习，回到家以后我还不能休息，还要坚持复习，看电视剧字幕锻炼自己阅读的能力，所以那段时间真的可以用“连轴转”来形容。

不过，辛苦归辛苦，在启蒙老师的教授下，我的语音语调得到了很大的提高。因为从拼音开始学起，我对于汉语的认知也更加系统化了。正巧在那个时候，第十一届“汉语桥·全球外国人汉语大会”开始在缅甸举办。我的老师就对我说：“我觉得你现在口语也挺好的，可以去试一试，得了奖更好，没得奖的话，也没什么，你就把它看作是一种经验财富。”听了老师的一席话之后，我觉得很有道理，就去报名参加了。当时决赛是在中国大使馆举办，分有两个环节：演讲和才艺展示，或许是上台锻炼的次数较多的缘故，表演的时候自己的心态很平和，没有很紧张，很顺利地结束了自己的环节。因为当时选手的实力都很强劲，也没有觉得自己会得奖，所以当得知取得很好的名次时，我非常的惊讶，很感谢评委给我这样的肯定，这让我受到很大的鼓舞。

也由于这次比赛，我得到了去中国观看决赛的机会，那是我第一次离开家乡，来到另一个国家。真的有一种从“农村来到大城市”的感受，中国并不保守，相反，地铁、移动支付等便民服务措施随处可见。此外，在比赛的时候，大家虽然来自各个国家，但是都可以用汉语来交流，我觉得很神奇，我的世界观一下子就被打开了，原来汉语也可以成为一门国际化的语言。通过汉语，我，一个来自缅甸的姑娘，能够来到中国的电视台，获得很多展示自己的机会，感受人生当中的第一次，如果我把汉语学精学透，那么我肯定会拥有更多的机会。所以那一次经历之后，我更加坚定了要继续从事汉语事业的念头，对我来说，那次比赛是我坚持想要继续学习汉语的转折点。

初来乍到

之前有提到，缅甸的大学没有汉语专业，如果想要学习汉语的话，要么是选择在当地的孔子课堂就读，要么是去中国留学。虽然自己已经会说会写了，但是我始终觉得自己的汉语基础并不扎实，想要受到更加专业的教育。在这个时候我听说孔子课堂有申请奖学金的机会，所以我就提交了申请，办理了相关手续后，如愿来到中国求学。

第一次来中国求学，初来乍到，由于我之前没有经过本科阶段的学习，直接来到中国读研究生，所以一开始的我总是在云里雾里的状态中。我们班一共有十三名外籍学生，大部分同学都有过本科四年在中国留学的经历，所以和他们相比，我就显得基础很薄弱。不仅如此，研究生的课堂上，老师不会像教本科生一样比较细致地讲解，基础部分很多时候都会略过。比如讲语法的时候，状语、补语、谓语等看起来很简单的知识点，我因为没有了解过，所以完全不明白。虽然我能听得懂他说的每一个汉字，但是听不懂整个句子是什么意思，所以在理解上很困难。研究生的第一个学期，课程论文更是一个大难关。研究生阶段所有课程成绩的提交都是依据论文，在第一个学期，我就有九篇课程论文要写，每一篇都要求五千字。在来中国之前，我从来没有写过如此多汉字，所以那一年的寒暑假我都没有回国，一直在学校里赶论文。每一次和家人视频的时候我都很紧张，担心没有办法及格，有一次对着屏幕，看着家人的影像，忍不住掉了眼泪，很后悔当初为什么要选择来中国留学。

不过幸好，我的导师一直在鼓励我，同学们也一直在安慰、帮助我，主动借给我大一、大二的基础书籍，给我讲解基本的知识点，解答我的疑问，我也一直在图书馆翻阅书籍，坚持自学。凭借着老师同学们的帮助和自己的努力，现在的我已经地适应了这里的学习节奏，迈上了正轨。随着对汉语见解的加深，我了解到了很多我之前并不熟悉的知识，比如说我们都熟知，汉语是有四个声调，但其实缅语也有四个声调。通过学习，不仅是语言，我对于两国文化的理解也在增长，两国文化背景相融，中间有着很多相似却又不同的地方，比如婚丧嫁娶、餐饮习俗……一些奇妙的联系让我感到很有趣。

从刚开始的初来乍到到后来的驾轻就熟，一次次的比赛也给了我很多锻炼和尝试的机会。在研究生的第二个学期，我登上了央视的舞台，站在聚光灯下，第一次用流利的中文说出自己的故事。节目录制的经历，对我来说是一次全新的经历和体验，之前比赛积累下的经验也成了我宝贵的财富。面对摄影机和观众，我自然流畅地讲述着我面对的困难与挫折，收获的成绩和感动。那一整天的录制，给了我很大的震撼，我也认识了很多为中缅交流做贡献的普通人，和他们的交流开阔了我的眼界，也让我坚定了“回到故乡去”的想法。

回到故乡

其实，从不会说一句汉语到后来用汉语顺利找到了工作，我的整个成长周围的邻居都看在眼里。看到我的变化，他们提出了想要我教孩子们汉语的想法。一直都很喜欢小朋友的我很快就同意了，开始尝试着，教他们学汉语。起初，因为汉语的发音很难，很多孩子的积极性不太高。后来我就尝试把一些中国的卡通、动画作品介绍给他们，看着生动活泼的人物，慢慢地，他们也开始变得积极起来。通过一年多的学习，现在的他们已经可以用汉语进行简单的交流了。最令我印象深刻的，是其中有一个小孩子，我教他的时候，他只有 3 岁。到了 5 岁的时候，他就已经考完了汉语水平考试一级和二级，看着他们取得这么好的成绩，我真的很有成就感。

汉语教育不仅让我收获惊喜，还让我不断经历着感动。因为一家公益机构的邀请，我来到了缅甸仰光的一家寺庙给那里的孩子们教中文。他们最大的应该是 21 岁，最小的应该只有 6 岁，虽然平常有上学，但是她们从来没有接触过汉语。寺庙里教学的条件很简陋，上课的教室是由她们平常吃饭的地方改造成的，尽管这样，她们上课的积极性还是非常高。

上课的时间是早上八点半，但是八点还没到，教室里已经坐满了人。白板等教具都已经准备完毕，一份准备好的早餐每次都会放在讲台上。年纪较大的孩子会协助年纪比较小的，提醒她们早点起床，不要迟到。

因为她们大部分都是孤儿，受教育的方式和普通人不太一样，所以上课的进度会比较慢，需要一个纠正记忆的过程。从拼音到简单的句子，她们学的都很认真，不放过一个细小的知识点，所以当年中文不太好的时候，有时候她们的问题，我也不知道该怎么回答，经常被问倒。印象很深的是，有一次下课聊天的时候有一个年龄比较大的尼姑和我说，她一定要好好把握这个机会，以后走出寺庙之后可以自力更生，更好地回馈养育她们的寺庙。听到这一席话后，我受到了很大的触动，一定要好好培养她们。

说起这群孩子，还有一件事给了我很大的震撼。前一段时间我回到缅甸实习，突然接到了好几通电话，后来才知道是寺庙里一个孤儿打过来的。她对我说："姐姐你终于接电话了，我之前打过来了好几次，你手机都是关机的，所以我们知道你肯定不在缅甸，还好现在打通了，我们好想你，你要不要来看我们？"听到她这么说时，我非常的感动，因为在来中国之前，我把自己的联系方式留给了她们，希望和她们保持联系。但来到中国后，我就没有使用过那个号码。而且回到缅甸实习的时候，其实我已经来中国一年多了，所以我不知道她们是不是在一直打，直到我刚好回缅甸实习，接听了电话。想到这里，我的内心感到很温暖，也觉得自己很幸运，可以遇到这样一群单纯美好的孩子们。

人生没有几个十年，到明年研究生毕业，我和汉语结缘要有十个年头了，可以说我最宝贵、最灿烂的年华都留给了汉语，留给了这样一门古老而又深邃的语言。汉语真的很复杂，不像英语或者缅语，只有单纯的字母，它由拼音和汉字组成，有近义词、反义词……汉语的学习真的是一条很漫长的道路。

如今的缅甸也不再像以前，大家都开始把汉语看作是一门国际语言，是一门需要掌握的技能。而且现在随着“一带一路”倡议的提出，汉语在缅甸的发展前景越来越好，懂汉语的人找工作也越来越方便。我想在未来，我还是会回到缅甸发展。当初中文水平不好的时候，我已经拥有了许多难得的机会，改变了周围人对于中国的印象，我相信汉语在缅甸的未来会更加美好，而经过这一段时间的学习，我更加有信心继续我所钟爱的汉语教育事业。

（文中人名均为化名）

（文 / 叶正芃）

潘东与中国传统武术文化

九月的早晨，已不是特别炎热，当加上休息时间不超过两个小时的练习结束后，操场上的新生已满头大汗，气喘吁吁。

2012 年，暨南大学首次举办新生训练营。自那年起，名为“南拳十六式”的拳术套路就在每一届新生的心中留下了深刻印象。

他们中有的人勉强撑起要合起来的眼皮，有的人抱怨着身体的疲劳，有的人吐槽暨南拳中的某些动作……很少有人知道，这短短的十六式暨南拳当中，包含着洪、刘、蔡、李、莫这五大南拳派系以及咏春、蔡李佛等拳种的精华元素，其中更是蕴含十分珍贵的中国传统武术文化。而这一套暨南拳的创编者之一——潘冬老师，在复兴中国传统武术文化的道路上，已经走了十几年的时间。

初尝遗憾

潘老师本科时期就读于成都体育学院，读大三的时候便参加全国体育学院武术精英赛，并获得了传统拳术第三名的好名次，成为国家一级武术运动员。2000年，潘老师在成都体育学院硕士研究生毕业，来到暨南大学任教。

潘老师初来暨南大学就职的那一年，中国传统武术中的一个重要的竞技项目——“短兵”正好在广州高校有过一段时间的复兴。在此之前，短兵曾于民国年间盛行一时，后来一度销声匿迹，整整几十年几乎没有再在中国武坛上露面。为了复兴这项传统武术运动文化，潘老师跟随恩师，暨南大学历史系教授马明达老师，在2000年左右开始在广州高校中大力推动短兵的发展。以暨南大学为例，一方面校园中成立了相关的学生社团作为学习短兵的平台，马明达教授亲自进行指导，一方面定期和其他高校——譬如华南师范大学进行短兵交流，共同探讨、进步。短兵的学习、推广以及短兵竞赛的规则的传播等等的各方各面，在当时广州高校学生之中都有比较全面的发展。

不过，复兴短兵这项传统武术运动文化的过程并非一帆风顺，当时已经做到了很多，但也留下了一些遗憾。最后的结果并没有达到潘老师的预期，仅仅限于将短兵在一些高校当中进行了一定程度的推广。潘老师一直认为，要把短兵真正地融入高校，最关键的就是要让它进入到高校的课程体系当中，而这一点当时也并没有能够做到。

“我们不是没有人才，有一大批人才，也不是没有适合推广这项运动的土壤。”提到当时面临的困难，潘老师的语气有些惋惜，“当时国家主管部门对短兵这项运动并没有给予支持与帮扶，而之前所有的竞赛都必须有这么一个官方部门来主动进行整体的把控。单凭我们高校或者社团组织的力量，还是难以使这项传统武术文化在整个国家全面地推广开来，只是在喜欢短兵的高校学生当中有一定的开展。”

感觉到自身力量不足的潘老师，并没有放下复兴传统武术文化的抱负，停止自己前进的脚步，而是努力发挥着作为个人和教师的力量——2003 年代表广东队参加全国少数民族传统体育运动会获得武术表演项目第二名；2007 年作为教练带队参加全国少数民族传统体育运动会获得武术表演项目金奖……在取得一个个荣誉的同时，潘老师也渴望更大的进步。2010 年，他考取了华南师范大学的博士研究生，在职攻读；同年经过暨南大学的遴选，更是获得了日本东华财团一个资助项目的名额资格，作为访问学者前往日本早稻田大学进行为期一年的访问研究。

日本政府对民族传统武术的重视程度很高，早在几十年前，剑道和柔道就已经是高校体育课当中的必修课了。在课外的体育锻炼方面，日本高校的社团种类繁多，人数规模大，发展良好合理，负责指导的老师同样极为重视。潘老师以自己在日本的老师为例，讲述了这样一个人物的形象——

志志田文明教授，日本早稻田大学武道论教研室学科带头人，武道专长是合气道。当时已经 60 多岁的志志田教授，每天依旧忙于教学与科研，只有每周礼拜六的时间没有工作安排。然而他专门利用可以休息的礼拜六的时间，亲自去到早稻田大学的合气道社，给那些学生上课。虽然只是社团的活动，但志志田教授上课非常严谨，就像对待自己的一堂体育课一样去完成。一个60多岁的教授，能够做到用自己的休息时间支持社团活动，而且是坚持多年，风雨无阻。

与志志田教授同样值得尊敬的，还有马明达教授。如今已七十几岁高龄的马明达教授，依旧坚持着在每周二下午和每周六上午这两个时间，前往健公书院，专门给暨南大学和华南师范大学的学生授课，同样是风雨无阻。而这两位教授，刚好都是潘老师的恩师。

“我自己的老师已经做了很好的表率，无论是中国的老师还是日本的老师，我自己亲身感受到他们在守护各自民族传统的武术文化，无论是日本的志志田老师他对于他的合气道的一种责任感，或者是马明达老师对于中国的短兵还有传统拳术，通背武学的责任感，给我的影响都特别大。所以我觉得，我也有必要这样子去做。”

说出这段话的时候，潘老师语速放得极慢，却掷地有声，目光坚定，仿佛直面着自己的内心。

“朔南暨，身教讫于四海”

从日本交流回来的潘老师继续担任暨南大学的老师，同时攻读博士。在日本短短一年的经历，对他产生的影响却是极大，他早已将过去获得的荣誉抛在身后，甚至不再满足于将中国传统的武术文化推广到广州乃至全国范围。他追求的目标，已经变成使中国的传统武术在全世界范围能够拥有一定的知名度，同时传扬其中蕴含的传统文化——这一点，无论是日本的剑道还是韩国的跆拳道都已经初步做到。单在广州这一个城市，便有不止一家的日本剑道馆和韩国跆拳道馆。

而要做到这一步，所面临的难度是可想而知的，首先需要的，便是足够的创新创编能力。中国功夫目前在国际上并非没有知名度，而这些名气，多来源于以成龙、李连杰为首的众多“打星”拍摄的电影。他们将中国传统武术加以夸张的艺术化处理，做到了某种意义上的创新，也使中国功夫走出了国门。然而对于这种宣传推广中国传统武术的方式，潘老师有自己的见解。

武术影视化，在传播宣传武术这块确实是起到了一定的作用，但是通过影视化艺术化这么一种形式的表达之后，也给很多外国人，甚至是我们中国人自己，带来了对武术的误解，未能全面展示中国武术的博大精深。

在潘老师看来，如今总体而言，太极拳可能是中国传统武术的众多拳种中，向海外推广最成功的一个项目，此外如咏春在东南亚地区的其他国家也有不错的知名度。他也希望能有更多的拳法走出国门，走向世界。暨南大学作为侨校，每年的新生都是来自五洲四海，2012 年第一届新生训练营的举办，作为对军训的代替，正好提供了一个机会，让这些新生学习我国的传统武术。为此潘老师与学生处的领导也进行了沟通，最终决定让新生体验我们传统的具有岭南地域文化特色的武术——南拳。

南拳又分为诸多派系，单独学习其中的某一种，显然不是好的选择。于是，潘老师和全国太极拳大赛冠军甘雷老师，两个人共同做了一个大胆的决定——集南拳诸多派系之长，创编出一套全新的“暨南拳”。

“我们选取了广东南拳当中最具特色的洪、刘、蔡、李、莫这五大派系的南拳，加上已经有一定海外影响力的咏春还有蔡李佛等等的拳种，结合南拳当中相关的具有拳种特色的一些元素，创编了这个十六式。”

潘老师这段话轻描淡写，仿佛只是在谈论一件微不足道的小事，事实上期间经历过的困难，大概只有当事人——他和甘雷老师才能够了解。

潘老师本身是跟随马明达教授学习马氏通背，而通背拳其实偏向于北派，他并没有真正师承过哪一个南拳派系，但在成都体育学院的时候曾经有学习和了解过。为了在创编的过程中不至于丢失南拳的精髓，他私下和南派的一些拳师有过武术交流，也曾专门请教蔡李佛北胜馆的传承人等等，通过采风吸收一些原汁原味拳种的素材。再加上本身作为一个优秀的专业老师所具备的创编能力，最终跟甘雷老师两个人一起沟通之后，创编了我们现在的十六式暨南拳。

南拳十六式创编之后，在暨南大学得到了迅速的推广，已经是每一届新生必须体验的新生训练营中不可或缺的一个部分，代替军训让新生进行身体锻炼的同时，又将中国传统的武术文化渗透进他们的生活之中。目前暨南拳推行的效果十分不错，或许有一天它也能够走出海外，让全世界的人接触到南拳这项真正的中国传统武术与文化。

当然，要实现将中国传统武术与文化推广向全世界的这一远大目标，不可能只靠某一套拳术就能够做到，还需要众多的有志之士，不断为之努力。近几年来，潘老师的工作重心除了教学与科研，还有就是进行着各种尝试。比如亲自前往一些国家，跟当地的华人华侨进行交流，进行传统武术在海外的培训工作，再借由他们将传统武术与文化在世界各地传播出去。"华星艺术团"这些组织的成立，也让他感受到，自己不是一个人在走传统武术文化复兴这条路。国家的重视，都使得这条路比 2000 年他刚开始走的时候，要平坦许多。

遗憾不再

2000 年那次针对短兵复兴的尝试留下的遗憾，潘老师一直耿耿于怀，他一直没有放弃要将短兵推进学校的课程体系当中的想法。一直到 2016 年，这个想法才终于变成了现实。短兵这项运动在暨南大学的推广，也总算不再留有遗憾。

如今每周二周三的体育课上，在暨南大学石牌校区的金陵广场，一个个少年举着短兵挥舞的身姿，恍如古代仗剑的侠客。虽然他们的进攻、防守、反击、步法等种种技巧都还非常稚嫩，但这项武术运动和其中的传统文化正实实在在地进行着传承与发展。潘老师的身影就在这些学生的中间，纠正他们细微的错误，指导他们进行实战的训练。

2017 年 1 月 12 日，健公书院在广州成立，同年开始举办面向全国的短兵比赛。潘老师挑选出短兵课上实战表现优秀的几名学生，亲自带队前往参加，为他们抓住了一次难得的能够与其他高校甚至社会上的短兵爱好者切磋学习的机会。2017 年 12 月，健公国术大赛 2017 年年度总决赛圆满举办，暨南大学学生分别获得短兵男子组第一名和第三名以及女子组第三名的优秀成绩。

一方面进入了学校的课程体系，一方面成立了课外的学生兴趣社团，更有健公书院作为与校外短兵爱好者交流的平台，短兵的复兴任务正实实在在地朝前推进着，越来越多的人加入到这项传统武术运动当中来，并开始了解它的历史与文化。然而，潘老师对短兵复兴的现状却仍然没有十分满意。

“现在最重要的是我们缺乏一种有效推动的机制。”潘老师的表情非常严肃，“首先，国家现在没有大规模地去举办短兵的裁判员和教练员的培训，每年有短兵的比赛非常少，这个比赛能社会影响力和关注度还很有限。

问及如何能够把中国短兵和中国的民族精神结合起来，潘老师说：“这是个美好的想法，但不是一蹴而就的，我们还需要走很长的路啊。”

（文 / 杨超）

命运和时代催促下的弄潮儿

“你接下来还有打算转行吗？”

“先继续做下去吧，人生就像一个大赌场，谁知道结果会怎样？”

两个普通店面大小，门前简单的装饰，一台茶几，这与南村镇仁洞村周围被快递和货物堆满的其他小店面格格不入。小巷光线昏暗，即使在白天，室内仍然开着白炽灯，照着店里仅有的一张办公桌，桌上摆着三四台电脑和打印机。

一入电商深似海 心理压力大

陈文佳现在在亚马逊平台做全美市场的跨境电商，主营电子产品出口。每天基本有一两百个单子，一个单子能有几十人民币的利润，这还算是淡季的情况。“根本不算多，我表哥做了三四年，现如今月销售额已经过千万了，可以算是发家致富了，刚在深圳买了房。”但这样的成绩，也是他经过仅一年半的时间摸索出来的。

所谓（出口）跨境电子商务，简而言之就是企业通过合法的途径把国内物美价廉的商品出口到国外，再通过电商平台售卖给国外的消费者。“做这行没人敢说精通，只能跟着时代走，如果能成功，那也不是我的功劳，是时代给我们的机遇。”传统贸易带来的激烈竞争、国内外产品质量上的差距和理念上的不同，国内电商市场竞争的白热化，促使许多人纷纷将国内产品的触角伸向国外市场，他们怀揣着挣大钱的梦想进入这片看不见底的深海寻找宝藏。

陈文佳只是其中的一个，表哥是他最开始接触跨境电商的途径。一年多以前，陈文佳看到表哥在这行做得风生水起，每天稳定地有一百多订单，于是心有戚戚。

一开始，商标注册、外汇转账、产品品类、制定价格和整体规划，全是陈文佳和二弟两个人在摸索。等他们基本搭建好这些基础设施了，才开始找人一起入伙，如今是和二弟陈文敏的师弟以及志同道合的朋友四个人组成团队合作。尽管也有人要投资参股，陈文佳都拒绝了，“还是要走精英化团队，主动权把握在自己的手上。”

最初的入门并没有那么顺利，并不是简单地在平台注册账号、上传营业执照、准备信用卡就完事，电脑设备、人力、知识产权、场地、耗材这些处处都是成本路上的坎。每一个问题都需要解决，解决问题就需要资金，据他所说，做商标就花了他不少的费用。

这行主要是与别的跨境电商平台竞争，而不是平台内卖家的竞争，“内部自己搞自己的都是目光短浅的，就不能往前面的大方向看吗？”他调侃自己和团队的成员，“表面看我们每天好像过得很轻松，还经常一起开黑打王者荣耀，其实心里着急得很。”

之所以喜欢这个行业，是因为陈文佳觉得自己的外才不足，但内才还不错，比较合适这样高风险的行业。他眼中的内才，即细心谨慎，考虑周全，负责整个团队基础设施建设及未来走向和各个细节的管控，陈文佳像照看新生婴儿一样小心翼翼地运营着自己的跨境电商店铺。

“我就怕出错，一个小错误就可能会酿成大错，万劫不复。”

陈文佳讲述了他表哥的惨痛经历，原本带着一个十几人的团队，顺利地做到一年上亿的营业额，但就在前不久，平台上的十几个店铺都被封了，原因是员工一个小小的操作失误，把不同店铺的信息搞错，违反了平台不允许“多账号运行”的规则，损失大概一两百万的货款。“钱损失了还可以挣，麻烦的是账户被封，丧失了销售权，这些被封的店铺还有很多货在国外，不好处理。”虽然陈文佳尚未有这种遭遇，但每天都担心会因为一时大意被推上亚马逊的“枪口”上。

陈文佳平时不会像国内淘宝客服一样回答买家的问题，团队主要通过邮件的方式处理买家问题，据他所述买家消息也是极少，一周仅需处理几份邮件，他称自己英语和日语捉襟见肘，仍在不断学习。

初见陈文佳，他看上去身材高瘦，像刚出校门没多久的大学生，很难从表面上看出实际年龄。他喜欢跟形形色色的人打交道和聊天，让他对各行各业都有所涉猎，还说：“我没出过国，但是我知道他们的人文习俗，了解他们的习惯作风和思考方式。”

“有时候觉得想到的东西很好，必须写下来，你看我有没有做记者的潜质啊？”陈文佳开起玩笑。业余生活中，陈文佳也常常写小说，和其他男生一样，他偏爱科幻修仙类的题材，他说：“有时候一些修仙的小说讲述的其实很现实。”陈文佳从初中开始就写小说，虽然只是自娱自乐，却自认为文笔还不错，久而久之也就坚持了下来。

负资产毕业 做淘宝是因为穷

找到愿意合作的厂家，积累自己的稳定客户，陈文佳用了一年多时间，这和他此前两年经营淘宝店的积淀有关。“毕业第一年出来基本赚多少都不够花，第二年初出来的时候身上只有两千块，还没开始租房子，硬生生靠两千块过了下来。”2013 年刚刚从肇庆学院毕业的他在一家生产液晶显示器的厂家上班，但当时家中还有三个弟弟在读大学。陈文佳自己描述，和堂哥合租 800 元一个月的出租房，自己都养不活。

“我也想找对象啊，只是当时给不了她想要的，不适合谈恋爱。”那时陈文佳在公司很受女同事的欢迎，因为负责整个公司的网络和电脑设备，经常会到各个单位串门，期间也对一个女同事萌生爱意。但因为经济方面的原因，两人“有缘无分”，没能继续发展。

他本打算找个单位，或者考个公务员过稳定些的生活，但那时家中急需用钱，眼下的工作无法解决问题，于是陈文佳向公司辞职去做淘宝，希望抓住时代的红利。

当时淘宝行业是最火的时候，但陈文佳的选择也受到了一些舆论压力，因为淘宝行业入门门槛低，对当时的家人来说，开网店基本是初中毕业、没有工作从而出来混日子的代名词。特别是在农村人的思想观念之中，做淘宝是没有前途的行业。“但是对我来说，那是解决问题的唯一途径。”虽然不被看好，但陈文佳毅然决然地坚持自己的想法。

广州有很多淘宝村，陈文佳选择从番禺的里仁洞村开始，这是当时广州活跃网点数最多的地方。选择广州并不是因为找到了发展的机会，而是这座城市在他看来更加包容，深圳其实是跨境电子商务最集中的地方，“但深圳房价、物价贵，广州两三万（一平方米）的房子一大把，深圳却要十万左右”。

陈文佳自诩有天赋，很多内容入行只要努力学习就懂了，即使不会也能通过观察得到经验，再加上附近有朋友亲戚也在做，耳濡目染、潜移默化下便慢慢了解了淘宝这条产业链。一开始虽然挣得也不多，但积累了一些经验后，慢慢地一个月也有上万收入，总算能够养活自己。多件事情同时要忙时，陈文佳也会心烦，这时候就会消极地想：“上帝给你关上了一扇门，再关掉了窗，你以为他要开空调了，其实他只是想给你放出一条狗而已。”调侃的语气中也透露出他的烦恼。

2014 年开始开淘宝网店时，他经常到白云区的沙河市场拿货，那儿的货源在广州算是不错的。“每天中午十二点多到下午两点会有一些车专门在村口载人过去，类似面包车，一程10元，来回20元。”很多当地的淘宝商家就像他这样，把货打包运回来，一天多的时候有一百多张订单，少的时候十来单。这样不稳定的日子渐渐让陈文佳明白，淘宝只是一个跳板，并不会是他长期做下去的事情。一方面是因为淘宝店铺经营太过劳累，收入波动大，另一方面则是因为行业内竞争太大。淘宝的低门槛更容易导致行业内乱象丛生，于是他开始留意社会上可以从事的领域，打算尽早转行。

平日里陈文佳偏爱听纯音乐，因为他能够听出其中的故事。说着他分享了一首叫《Empire of Angels》的音乐。

“悲伤从我心中掠过，如我孩童时眺望天空掠过的飞鸟，我走出一步，神思沉浸在星球的每一个原子，空间中一股微弱的波动传出，万物归于沉寂，时空矢量倒转，风云褪色，尘烟滚滚收缩，落叶回归，大地生机渐浓，冰雪融化，星月深空再现……”这是陈文佳听完这段纯音乐后自我代入的一段感受，如同他本人一路走来的过程一样，从毕业在公司工作，到经营淘宝商铺再转行出口跨境电商，他走了不少弯路，不断尝试新的领域，被命运和时代的洪流推动着向前，一如弄潮儿站在创业的风浪口上。如今他的跨境电商店铺走上正轨，陈文佳一步步将自己的创业做成熟，他说“不希望别人像我一样活得那么累”。

一个行业的发展前景与政策环境和市场环境分不开，2016年，财政部推出“正面清单”，国家对跨境电商的监管更加规范化，也暗示着政府层面认可和重视建立一个良性的跨境市场。这让陈文佳在这行更小心谨慎。“从员工到老板，我一路摸着石头过河。论淘宝我是‘老司机’，现在转型了，我也在慢慢从‘新兵’变成‘老司机’……”现在看来，陈文佳觉得只要做得好，能够盈利，解决自己的问题，那就抗一切干扰、坚定立场。

在城市谋生 还是孤独了点

作为家中的长子，陈文佳在大学刚毕业的时候还要帮忙偿还父母的债务，四兄弟的大学学费对这个农村家庭而言并不是一笔小的花费。

“有些同学一毕业老爸就给他买了套房，一开始就不是在同一个起跑线上。”面对家里读书欠的债务、老家建新房子的用钱、弟弟的学费生活费以及自己的事业，陈文佳的重担让他时常觉得在大城市难以有喘息的机会。但他并不去和当年的同学对比，“我不在乎这些东西，只是能让自己心里平静，晚上睡得着。”他所做的一切，只为求得内心一份纯正，不让未来的自己后悔。

“会做生意是真的不一样，有些人的路越走越宽，有些人越走越窄。”过去在谋生时，他们家什么生意都做过，最后也没赚到多少钱。后来陈文佳的父母也尝试做过一些其他生意，但因为没有积蓄，这些生意都像一阵风，并没有让家中负债累累的情况好转起来。

陈文佳的父母虽然都是高中毕业，但比较重视家庭教育，借钱让儿子们上大学。妈妈在村里做总代理，承包了整个村的闲置劳动力，爸爸则负责一些家族的事情。现在小弟陈文钊还在中国矿业大学读大三，三弟已经成为一名程序员，二弟同他一起做跨境电子商务，四兄弟会轮流回老家看望父母。

2015 年 10 月，陈文佳一家人在老家潮汕建了新房子，并选择在重阳节当天举行乔迁之请。终于从家里的债务中脱离出来，陈文佳也思索在广州购房。目前他和二弟以及朋友三人住在一套租的 140 多平方米的房子，“我们三个一起吃，心情好的时候做做饭，有时也出去吃。”曾经陈文佳也动过回老家过安逸日子的念头，毕竟广州的饮食比不上老家，但想到回去也是空荡荡的，倒不如在外面的城市打拼，“起码热闹点”。

跨境电商过去几年的迅速发展，创造了无数创业成功的奇迹。相对于竞争激烈的国内电商平台，跨境电商的竞争、风险没那么大，还可以获得较高的利润，短时间内成为“香饽饽”。但陈文佳在分羹的同时却并没有混出头的自豪感，反倒是多了一些伤感，“心累，还是觉得孤独了点，灵魂缺少归属”。

城市的打拼总是有得必有失的，陈文佳自嘲荒废了武功，忽略了自己的婚姻问题，没有把自己个人问题解决。但谁又知道当初换一种选择如今是怎样呢？陈文佳苦笑的背后，是独自打拼不易的心酸。

（文 / 庄萍萍）

十年不忘初心人

“在深圳一个月赚的比在老家一年赚的都多”“那些楼房高到你抬头望时草帽都会掉地上”是阿桂耳中深圳的样子。2007 年，刚过 30 岁的阿桂和丈夫阿贵终于跟着老乡就来到了深圳。

“他们都说我们都是成年人了，肯定能自己想法子过下去的。”阿桂叹了口气说，村里的人都认为他们夫妻俩肯定能行的，但刚到深圳的那天晚上他们却相拥抱头痛哭了一夜无法入眠。那些深圳的先行者只告诉了他们来了就有希望，却忘了告诉他们起点很难，有了开始才能有希望。

就这样，一开始没什么钱又没工作的他们，躺过天桥底，睡过地下隧道。直到一周后，阿桂的同乡拉她去物业面试，她才有了第一份工作。

“我什么都不会，只会干干家务活，就是个普通的农村妇女。”在面试的时候阿桂这样诚实地说着。“然后金地物业就把我招回去了，可能看中我踏实肯干吧。”阿桂说着，还不忘说自己也就运气好点。

作为保洁阿姨，公司里每位阿姨负责一栋大楼，阿桂第一次看到整整20层的楼时倒吸了一口凉气。那时候阿桂还以为自己要每天从一楼爬到二十层。“我们每天早上四点半就起床了，然后来公司签个卡就开始‘扫楼’了。”这是阿桂持续了整整十年的事情，每天当天空开始微微泛光的时候，阿桂已经开始了一天的工作了。

为了不打扰业主日常使用电梯，包括阿桂在内的大楼保洁阿姨在普通的住户眼中好像从未出现过，她们必须确保每天六点前将整栋楼的垃圾清理掉，同时每层都清洗一次。

阿桂刚开始工作没多久，就发现许多同行的保洁阿姨都会去做钟点工。那时候钟点工并不普及，但在高级住宅区却颇有市场。于是想要多赚点钱的阿桂开始观察哪家搬来了新住户，哪家住的是老人。2008年，阿桂站在一家刚搬来的新住户门前问：“老板娘，需要钟点工吗？”

刚开始没经验的阿桂不懂行内潜规则，所以收费也比其他人的低，再加上她工作的踏实认真，开始培养出了自己口碑，越来越多的客人介绍她去朋友家做事。这也引起了同行的不满。

经过两三年来的打磨，阿桂开始明白“钱是赚不完的，要学会分享，才能得到更多”。

在这些年中阿桂发现了钟点工市场还没扩大，起码在自己的小区里几乎没有外来的钟点工，所以这个大型小区成了一个巨大的市场。

于是阿桂将小区中工作出色的保洁阿姨挑了出来，组建了一个“钟点阿姨团”。她通过口耳相传的人气获得新的客户群，然后介绍给阿姨群，从中抽取提成，以此来经营阿姨团。

阿姨团中的老骨干成员陈姨谈起那时候的环境说：“许多阿姨干起活来不仔细，但又担心我们的服务比她们好，抢了她们的客，所以经常同行之间看不顺眼。”

在同行的恶性竞争下，公司发现了这个小团体的存在。老板开始施压，加大工作力度，“那时候开始每天早晚都要打卡，让我们没时间出去找兼职。”那时候的阿桂已经萌生出自己来做小家政公司的念头了，可是拿着每个月仅有的两三千工资是远远不够的。于是阿桂毅然地离开了公司，跳槽到了另一家休息时间更宽裕的小区，开始了她的漫漫创业路。

丈夫阿贵刚来的时候也不知道该做些什么好，好在跟着有些经验的老乡在工地里找到了一份活，但在一群壮汉中细胳膊细腿的阿贵总显得有些吃力。于是他向老乡借钱，凑了两三万开始了“的哥”路。

“的哥在最开始的时候可是横着走的行业，横着横着就开始爬着走了。”这是阿贵对的士行业近些年变化的描述。

在地铁还不发达的时候，的士出行占据着交通行业相当大的比例，但是随着“黑的”的出现，地铁的发展，的士司机风光日益锐减。

“在外面混口饭吃的人，总是很喜欢哪里有钱赚就往哪里钻。”阿贵自嘲道。于是在2011年退出了“正规的哥”的行业，成为“黑的哥”的一分子。虽然“黑的士”的获利高，但毕竟不正规，安全性没保障，所以许多人在夜间不愿意乘坐“黑的士”，也就导致了利益的减半。

阿桂和阿贵夫妻俩在几年的努力下慢慢有了点小积蓄，2015 年阿贵开始考虑着开家小食店或者早餐店，简简单单地赚两个小钱也就算是在深圳落定扎根了。

而阿桂却有了不一样的想法，通过几年的打拼下来，阿桂已经积攒了规模不小的一个客户群体。同时还改善了整个小区内部的恶性竞争，从而使大家都通过提供优质服务来吸引客户。这个时候的阿桂不再是初来乍到的新人了，而是管理着一支训练有素的服务团队的带领者。

阿桂时常想起自己刚来深圳的时候，作为一个普通的农村妇女，她没有任何可以帮助她在这个城市站稳脚跟的优势。还好最后她靠勤劳勤奋留了下来。在那之后，她帮助了很多和她一样从家乡来到异乡的人。

其中小兰就是她第一个一路带过来的女孩，她年龄比阿桂小得多，家里又不幸丧夫。带着五个月大的孩子无家可去的小兰找到了阿桂，并且在阿桂的帮助下慢慢地有了独立生存的能力，还养大了一个孩子。

“我们早上在忙各自的工作，晚上回了家就开始吵。我想要稳定，能扎根在大城市已经是件不容易的事了。她更喜欢挑战，觉得自己还能做得更好。”阿贵这样描述自己和妻子。“那时候的家就是一张床，然后就没什么家具了。赌气的时候就只能背对背，一人看一面墙，这种生气太委屈了。”阿桂解释道，所以那个时候阿桂就决定，要么就不做了，要么就干下去并且干好了，这样才对得起自己。

2015年末，阿桂与一位自己服务过的客人合作，终于开成了自己的家政公司，二十平方米不到的店面潜藏着无限的可能性，将客户需求置于第一位的服务态度让阿桂的公司做得比别的家政公司更加红火。

提起为什么要开家政公司，阿桂过了很久才说出了另一个原因，“我刚来的时候看不到一点儿希望，因为我只是个普通的妇女。所以我希望鼓励支持那些敢于从乡下出来的人，起码在我这里她们是无价的。”

从开始的为了生存，到后来的为了激励。阿桂在不断前行，但不忘初心，正如阿桂常挂嘴边的一句话：“我就是个普通的妇女，十年前是这样，十年后还是这样。”

（文中人名均为化名）

（文／张嘉欣）

用音乐为生活写影

下午五点的 SD Livehouse 还没有营业，边角刷着红漆的玻璃门微掩着。推门而入，是一个由简易楼房改装成的音乐演出场地，里面光线昏暗，虽然空荡，但随意放置的移动吧台又显得十分杂乱。场地前方的舞台上，一个戴着渔夫帽的男人正在和调音师进行设备的调试，他就是今晚的演出者——独立音乐人 Hover Chan。因为专注工作，他没有意识到有人进来。我们在吧台旁坐下，一边提前欣赏今晚的演出，一边等待他调音结束接受我们的采访。舞台上方五颜六色的灯光漫无目的地扫射着，偶尔掠过他的脸庞。

Hover 是一位土生土长的广州音乐人，组建过一支在广州本地还挺火的乐队。后来乐队暂时解散，他于 2017 年开展个人音乐计划“施妙力吸尘器”并发表个人专辑《羊城时代曲》。在这个音乐计划的介绍里，他这样描述道：“让我们巧施妙力，吸走现实中的困顿与尘埃，换上清新能量，用音乐记录我们身处的这个时代”。今晚他将会在广州一个小型音乐场地 SD Livehouse 表演新专辑里的歌曲。

组建一个暨大的乐队

调试工作结束后，Hover 过来同我们打招呼。沉浸在刚才美妙的乐曲中，我们还没有进入状态。他显得十分健谈，主动问道：“你们是暨大的？”在得到确认后，他接着说：“说起来，我们还算是半个暨大的乐队呢！”

2003 年的时候，Hover 刚上大学，喜欢音乐的他想要在 BBS 上买一把二手的吉他在家里自学，在网上认识了一位暨大的朋友。“虽然那是一把仿冒的吉他，但是外形一样，就很酷啊。”Hover 说起和朋友初识的经历时，还是很激动。于是 Hover 就来到那位朋友在暨大建阳的宿舍，聊了会天，便以 120 元的价钱买下了这把吉他，这就算是正式认识了。

后来他们和另外的一个朋友一起组建了乐队，开始在学校里演出。除了来自广州的 Hover，乐队里剩下的两个人都是暨大的，一个来自香港，一个来自澳门。这些青年人处在 18 岁的年纪，他们觉得城市像一个看起来光鲜，但实际上却束缚人自由的金色牢笼，于是就将乐队取名为 Golden Cage。

2007 年毕业之后，他们就自己动手把 Hover 家里的一个空置房间改造成了排练房，决定把这几年写的歌都录下来做成专辑。由于没有专业人士的指导，他们在什么都不懂的情况下录制了第一张专辑。所有的器材就只有一台质量很差的 PC 电脑、一个调音台和一个声卡。“那些细节想起来都很可笑，别人的音乐是分双声道的，我们就不懂，就把几个麦夹在鼓的旁边去录，很搞笑。” Hover 在回忆录制专辑的事情时显得十分嫌弃，但说完又补充道：“但是现在回去听那张专辑，觉得还是挺不错的。”

怀着对音乐的一腔热爱，他们在做完专辑后没有着急找工作而是决定准备演出。在跑完广州各大 Livehouse 之后，他们和广州的另外两个乐队一起开始了全国巡演，去了北京、上海、成都、武汉各大城市。虽然大多数的时候并没有多少观众，但他们还是认真准备演出，制作文化衫和手环进行宣传，保持绝对的“自嗨精神”。Hover 十分珍惜这段时间的经历，对于他们来说，这不仅仅是关于音乐的巡演，还是三人毕业后的“集体旅行”。他们通过这次旅行更加了解对方，一起解决问题、分享快乐。

其他城市的演出经历让他们看到外面发展成熟的独立音乐产业。他们开始思考广州的音乐环境，思考自己做乐队的原因和目的。“来到北京发现大家都有一个明确的目标，要做什么样的乐队，要达到什么样的成绩，可是我们好像就是随便做做，都不知道自己想要什么”。

回到广州后，大家开始进入工作，组建自己的家庭，能够在一起玩音乐的机会越来越少，2011 年他们在匆匆忙忙、很吃力的状态下推出第二张专辑《如何才能体面地长大》。但是他们还没来得及准备第二张专辑的巡演，乐队就暂时解散了。

决定解散乐队的那天，Hover 发了这样一条微博：“经过理性的讨论，我们最后还是决定结束 Golden Cage。我们只是个小乐队，但很幸运有你们愿意用真心聆听。近十年的回忆我一点也不敢忘记，关于 Ken 甩出的鼓棍、坤的笑容、乐迷的欢呼、友情和爱，一起经历的快乐、满足、失望和纠结，关于我们最美好的青春。我有满满的美丽回忆可供享用。多谢你们。”

青春已经逝去，音乐还在回响

乐队解散之后，Hover 意识到自己还是不能放弃对音乐的追求。当时他刚刚结婚，正好他的妻子也是一个非常喜欢听音乐的乐迷，于是他们就想组一个夫妻乐队。两个人的名字分别是“Smally”和“Hover”，合在一起变成“smellyhoover”，Hover 赋予它“巧施妙力，吸走尘埃，获取清新力量”的意义，将其译做“施妙力吸尘器”。这样乐队算是有了名字。后来妻子因为工作，又生了孩子，就逐渐放弃了这个计划，只剩下 Hover 一个人，这个乐队就成了他的个人音乐计划。

Hover 一边在工作时间长、工作强度大的签证公司上班，一边自己筹划着做专辑的事。因为完全没有集中的空余时间可以用于创作，所以他都是利用零碎的时间，记录想法，然后再整理出歌曲的雏形，接着再躲进工作室实验各种想法。加上所有乐器演奏和后期制作都是由他自己完成，所花费的时间就更多。无数个时间碎片汇聚，五年过去了，Hover 的第一张个人专辑《羊城时代曲》不知不觉间完成了。专辑里的歌曲主题聚焦在广州的变化、时代的发展，也有一些私密的话题，比如孩子、家庭等。

在发表了第一张个人专辑之后，凑巧家里长辈身体不好，Hover就辞去了工作，一边照顾长辈、陪孩子，一边在广州举办一些小型演出。

近代的音乐史也是互联网发展史

随着互联网的发展和普及，数字音乐成为社会大众接触音乐的主要方式。早期的实体唱片面临着销量持续下跌，甚至即将退出历史舞台的窘境。对于 Golden Cage 这样不为大众所知的乐队更是如此。从 2007 年到 2011 年，Golden Cage 每次就靠演出卖一些专辑，因为演出是最直接的让别人了解和认识的一种方式。

出专辑是一个很矛盾的事情，两面性很强。首先作为一个音乐人，肯定要有一个实体的东西作为演出内容。但是如果是一个正式出版物，要拿专辑版号、进行发行审批，那就意味着有很多流程，这对于一个小众乐队来说成本非常高。当时按照正式的流程，印刷厂印刷专辑至少要印 1000 张，但是 1000 张对于一个独立乐队来说太多了，500 张其实就差不多足够了。“当时印刷成本没有那么高，我们做一个演出，其实那个成本也就回来了。但是现在实体唱片越来越难卖了。”

当年 Golden Cage 发专辑的时候，音乐人主要用于交流和分享的网站是 my space。“my space 是一个大家分享自己喜欢的音乐的网站，当时是全世界最大的音乐网站。那个时候还没有长城，你可以理解为现在的虾米，my space 是一个很奇怪的地方，气氛非常的 positive，到达让你觉得匪夷所思的程度。每一个乐队页面拉起全部都是“加油！‘Come on！’‘Keep going！’”鼓励的那种话语。从来都没有负能量，没有一个人说：“这个乐队太差劲了！鼓手根本不会打鼓！没有这种评论的。因为大家都不出名，还有乐队互相串门的，互相鼓励。好搞笑啊。”Hover 回忆起当时大家一起奋斗、一起努力的状态，显得十分激动。

现在 Hover 用于宣传自己音乐的方式主要就是通过微博和微信公众号，传播自己制作的推文、海报。虽然现在 Hover 的微信公众号每篇文章的阅读量还不到 100，但是 Hover 还是精心地打打理着，宣传自己的音乐理念。

Love is a reverb

“Love is a reverb.”这是 Hover 的微信签名档。他非常喜欢这句话，因为这句话集合了他生活中最重要的两个话题，一个是爱，一个是音乐。这一点在他的朋友圈里可以得到充分地体现，他的朋友圈背景是一张家庭 7 人的大合照，朋友圈的讯息都是关于家庭的出游、女儿的成长和自己的演出信息。

Hover 追求音乐的道路上有一个十分重要的人，就是他现在的妻子——小丽（英文名为 Smally）。小丽也是个土生土长的广州人，自从他们在大学时候认识并且成为情侣，小丽一直陪在他身边。在乐队进行全国巡演的时候，乐队成员忙着排练，小丽就负责准备他们的行程，安排好食宿，并在演出的时候充当群众。就连 Hover 在网易云音乐的所有歌曲歌词都是小丽上传的。他们的感情十分稳定，2011 年结婚，然后有了孩子，就这样走过了十几年，被旁人戏称为“rocker 伉俪”。Hover 在《美好》的歌词中这样写道：“牵她的手去一趟 Livehouse，时而热闹，时而惨淡。”现在有了女儿，去 Livehouse 就是一家三口的集体事情了。

女儿也是 Hover 生活里的重要部分。他在写给女儿满月时的信里这样说：“过去一个月，爸爸觉得十分梦幻，同时也好迷幻……这一切都发生在四个礼拜，而我们一家人的旅途才刚刚开始。”他记录着女儿成长的一切符号——自己第一次听见她的心跳，她第一次睁开眼睛，第一次用手掌撑起上半身，还有当时自己抱着她从医院出来时其他爸爸妈妈羡慕的眼光。

他给女儿取名叫“乐乐”，他说 2010 年去北京巡演的时候，大家结束表演在餐厅吃饭，当时已经下午两点多了，他看见一位中年妇女带着一名男孩走进餐厅，男孩穿着制服，睡眼惺忪，显得十分疲倦。Hover 听他们的言语才了解到男孩刚刚结束了北京国庆天安门会演的彩排，他当时就特别心疼这个男孩，可仔细一想发现自己也是这样长大的。于是他想那一定要让自己孩子的童年开开心心的，做自己想做的事情，就给女儿取名叫“乐乐”，一个简单直接却又十分美好的名字。

Hover 和我们介绍晚上的演出曲目时提到了一首歌叫《小小摇篮曲》，他炫耀着说这是为女儿创作的。

谱写“羊城时代曲”

Hover新专辑的名字叫《羊城时代曲》，专辑的介绍这样写道：“用粤语歌融合各种独立音乐元素，诉说与广州脉搏一同起伏的开心、快乐、伤心、失落，谱写属于羊城的独立时代曲。”这张专辑充满了广州元素，专辑所有的歌曲全都是以粤语作词的，封面的背景是城中村冼村和CBD珠江新城交叉的画面。

在广州生活三十多年，Hover见证了广州从“改革开放最前沿”到现在即将被深圳超越的尴尬地位。粤语歌曲市场从繁荣到萧条，还有广州城市发展中新出现的和丢失的种种宝贵的东西。

《草暖》是专辑《羊城时代曲》里的开篇之作。最初Hover只是打算用大混响的吉他做出缓慢延绵的声音为专辑做一个30秒左右的intro（引子），然后直接用intro这个单词的广州话谐音命名为“烟草”。但提到“草”字之后，他下意识又自作主张为它接上一个“暖”字。草暖，一个藏在广州人记忆边缘的名字。

草暖公园建于1985年，面积1.34万平方米，是广州首座西式园林，集游览观光、歌舞宴乐于一体。草暖公园位于广州火车站旁，取唐代李贺“草暖云昏万里春”之意命名。2017年，由于地铁11号线建设需要，草暖公园暂时关闭五年。待地铁建成，草暖公园将在原地复建。

他决定把歌名改成《草暖》，并为它谱写歌词，把音乐延伸到接近两分钟，但依然保留其作为intro的功能。“我小时候，妈妈会约上好友一起带着小孩去草暖公园玩。但记忆中那里确实没有儿童公园好玩，只记得是个很小很小的公园，有草地，而且只有草地，好吧，好像还有一个喷泉。但是草暖这两个字组合起来不知为何会给我一种很奇妙的很有画面的感觉，属于那种一旦知道了就不会忘记的名字。”

直到后来，Hover 在公司和同事们讨论要给女儿起什么名字时，他说他喜欢名字里有包含“在做什么”的意味的名字。回家转述给他的老婆，作为英语教师的她回了 Hover 四个字：动宾结构。Hover 当时觉得这是极其精准但丝毫没有想象空间的四个字。后来，Hover 也真的按动宾结构给女儿取名为“陈写乐”。Hover 说：“现在回想起来，是当时听到‘草暖’这个词的感觉埋在了脑海的深处。”

现在如果在街上随意截停路人问他知道草暖公园吗，很可能会得到一个反问，“这个地方还在吗？”它就像一张照片安静地躺在无人翻阅的旧相簿，说起来熟悉，但又想不起细节。

当然，和多数人一样，长大之后、不再是小孩子的 Hover 再也没有去过草暖公园。而它也从当年人们会专门去游玩、去拍婚纱照的地方，变成一个给拖着行李赶往火车站的人们稍作休憩的地方。直到为了这首歌，Hover 才再次踏足那里，用手机拍下了它的样子，剪辑成影片。然而不久之后，Hover 就听到了草暖公园因为要建地铁而暂时关闭的消息。“据说五年后原址重建。也许草暖公园会继续像深层的记忆一样在在与不在之间显现或隐没。”

一路走来，Hover 用音乐来记录自己的青春，也记录着广州发生的变化。这些年中，他有过很多艰难的时刻，为此浪费了一些时间，但也收获了很多珍贵的回忆。从 23 岁开始，他就在学业、失业、就业、创业中徘徊，从当年的小子变成了有肩膀的丈夫，变成了孩子的父亲。而音乐也记录着似乎即将走到尽头的青春，和他们对社会、对生活、对自由的认知。青春消逝还是青春而立？怎样体面地变老？或许每天为生活奔忙，竭力追逐；或许仍然在为生命找寻一点意义，开始去思考衰老与死亡；抑或是经历过太多，本能地、消极地看透。也许他并没有能力像哲学家一般思考，但仍能对自己发问，问自己“如何优雅地老去”，问自己在面对的这些林林总总的问题中，爱，所占的分量又有多重。

在SD正式演出的时候，Hover独身一人站在耀眼的舞台上，可他一点也没觉得自己孤单。因为他知道，他走过的路成就了现在的自己，他的身上承载着两位队友对于音乐的热爱和荣耀，他的家人给予他的支持和关爱，所有的这些让他谱写出了属于自己的广州时代曲。

（文／佘成雨）

Chapter Ⅱ

上帝的门

酷酷地改变这个时代

2 月 14 日情人节那天，自媒体创业者康宸玮一个人扛着行李搬进了联系好的新家。虽然此前早已看过房子，也有了心理准备，但是当把所有的行李全都塞进这个 7 平方米的小隔间时，环顾四周，没有空调，没有风扇，甚至连小小的窗户都在头顶之上，找不到落脚之地的康宸玮有种“坐牢”的感觉。

房子太小，放了桌子也没有坐的地方，他带了一个小小的床上书桌，索性直接坐在床上办公。

2018 年下半年，大学才刚刚毕业的他创办了自己的访谈栏目《康宸玮人物专访》，和这个时代的年轻人对话，探究他们在思考、焦虑些什么。创业初期，康宸玮需要准备的事情很多。他的栏目虽说两个月出一期视频，但是他一个人负责采访、字幕、商务、文案和制片，这些都要花费不少精力，而且重要的是还要为这个自费的节目寻找赞助人。

凭着自己对喜欢事情的热爱和大学时磨炼的出众能力，他的几个视频有了百万播放量，甚至有两条还转发过千，这给现在情况困窘的他带来了些许安慰和希望。

用纪实报告解读世界

在做人物专访之前，康宸玮在大学期间一直致力于独立调查和纪实报告。

他在大二时对某“红灯区”性工作者生存现状进行调查，形成纪实报告《她的国》，获得了大量的关注，由此算是正式进入了媒体行业。大三的时候，因某高校校内性骚扰事件频发，他对该校近十多年发生的性骚扰事件进行调查汇总，形成《沉默的雄狮》一文，并且在文章里检举了某学院某教授长期对学生的性骚扰行为。事件获得了广泛的关注，最终使该教授得到了应有的处分。这也使康宸玮确定了要走媒体行业的决心。2018 年，他自费前往汶川进行震后调查，回顾当时灾难来临的情景和震后十年重建，写得《泪痕——汶川大地震十周年回顾纪实报告》一文。

在他的报告里，可以看到浓重的个人风格：他将文学话语、新闻话语和学术话语揉捏进同一篇报告里，在对他所观察的现象进行不失诗意的描绘之后，用学术理论进行剖析，然后加以主观意见做分析。

对于一个通过自主招生进入北京师范大学中文系的学生来说，从大二起就进行独立调查、写成如此优秀的新闻报道作品未免有些非主流。对于众人疑惑的追问，他回答说一方面由于自己单亲家庭的缘故，他对特殊人群很感兴趣，喜欢用纪实报告的文体呈现调查情况。另一方面，在他看来，任何一个学文学的人都不应该闭门造车，应该对自己、对社会、对世界做一个自我的解读。有的人选择的是虚构文学，用小说、诗歌和散文的方式，去表达他们的看法。对康宸玮来说，更适合表达的方式是纪实报告。

在调查校园性骚扰事件中，他通过分析绘出了一张性骚扰次数分布图。但是对于这篇报道，一些媒体转载时的话语却只是告诫女生注意安全、避开这些地方。对此康宸玮觉得非常无语："案发地点在教学楼，那女生就不去上课了吗？"他的初衷是希望杜绝这类事情再次发生，不是仅仅去报道一个现象，应该追求一个更深层次的改变。如果没有人讨论背后的东西，那对于整个公民的智识和整体素养是没有任何提升的，只是徒然地增加了很多不安全感。

请趁你还未熄灭，把火传下去

毕业后康宸玮像大多数的新闻学子一样带着对南方系的向往和从事新闻的热情，放弃北京丰富的媒体资源，来到南方周末，想要闯出一片天地。可是来了广州之后，他发现 2013 年之后的南方系不是自己想的那样，于是匆匆回到北京。

在北京，由于之前报道积攒的名气和人脉资源，康宸玮有很多进入大媒体甚至外媒工作的机会，但是他都婉拒了。这个年轻人觉得自己还需要再拼一次。

不靠家庭的力量独自创业，在北京高价的房租和生活压力下，而且做的还是费力不讨好的调查记者，康宸玮觉得周围困难重重。那个时候的他每一个早上醒来都会问自己走这条路对吗，可是怎么想，他还是觉得必须把这条路走下去。从2016年年初，从他踏入红灯区的第一步开始，独立调查改变甚至拯救了他。

想知道大家为什么这么不开心

做完汶川地震十周年纪实报告之后，康宸玮就着手创办自己的个人访谈节目《康宸玮人物专访》，他与这个时代的年轻人对话，希望用严肃、深沉而真诚的谈话形式讨论年轻人在思考、在担忧的问题。

这个节目形式的想法来源于2018年下半年，他回北师大见了些老同学，他发现大家普遍都太不开心了。“我甚至觉得这可能已经成了当下一种普遍的社会情绪，而且未来几年可能还会愈演愈烈。”年轻人不敢去冒险、去尝试，不断地自我否定，追求学历名誉，而不是自我知识的丰盈。他们都在接受一种安排，不满又不敢逃，把当下的怨念交给时间磨平。

其实相对于调查记者来说，在谈话节目里康宸玮访谈主持人的角色做得并不是很好。节目谈过自由、谈过反抗、也谈过和父母间的代际关系，可是每次节目出来的效果都是嘉宾形象的再次强化。康宸玮想要深入去聊一些话题，却总是浮在表面上。

拍摄成本也是巨大的，康宸玮没有其他经济来源，只能硬着头皮一点一点做下去。为了省下一部分开支，他搬进了7平方米的隔间只为那少了的1000块房租，他尝试着用3000块钱在北京生活一个月，而房租也是包含在那3000块里面的。

有朋友说他这样生活就像苦行僧一样，可他觉得这绝不是自我感动、怨天尤人，甚至丢人的事情。把钱花的更合理，减少冲动消费，本身就是智慧的体现。他自嘲说道："我们北漂除了脂肪，还能失去什么呢？"

一个视频创作者的尴尬处境

康宸玮的视频虽然有不错的点击量和转发率，但是由于没有赞助商的支持，项目进行的十分困难。在拍完了两期视频之后，他基本上花完了所有的积蓄，后来视频的制作成本都是靠着观众的众筹和自己省吃俭用积累下来的。

这对于康宸玮这样的原创作者来说，如果专职拍视频，前几个月基本上都要喝西北风，等有了一定数据，唯一的商业变现就是广告植入。最后许多平台就变成了一个广告大本营，原创作者不想做，观众不想看。可是目前看起来，他也没有任何办法。这个循环，对于好的内容生产没有真正的扶持。

而如果兼职做视频生产，在朝九晚五的工作中很难保持大剂量的输出。想真的把自己的内容经营得有条理、有意思，就是要有很大付出。任何一个看上去轻巧幽默的视频，哪怕只有2分钟，背后其实都需要付出200分钟，甚至2000分钟的努力。

归根结底，现在是赚“注意力”的时代，很少有人真的站在一个内容创作者的角度，落实一些更长远的想法。康宸玮处在这样的困境之中，也做不了什么。

环境始终在优化我

从小城里的问题少年到北京小有名气的媒体人，康宸玮觉得这一路走来，环境一直在优化他。他努力认识更多的朋友，进入更大的世界。

康宸玮有个关系很好的大学舍友，酷爱读书，涉猎的内容从文学到物理、金融、心理、医学，寝室床上的书堆得像小山一样。康宸玮开玩笑说，如果大学四年读完他床上所有的书，学费就回本了，结果他还是追不上舍友阅读的速度。大四最后一年，那位舍友决定再高考一次，去学医。这样的坚定和自我认知，对康宸玮产生了很大的影响。

《她的国》写成后，康宸玮当晚就急忙发了出去。第二天看了眼数据，打赏第一是他的父亲，第二就是他大学时的导师，他一下子热泪盈眶。虽然当时那位老师还不算他的正式导师，但他心里早已确定了只找他当导师。

后来听说那两年，他的导师无论给什么学历的人上课，都会拿他举例，讲什么叫田野精神。这鞭策着他在独立调查这条路上撑下去。

现在他看到导师转自己的文章，还是给他那么多的打赏，一如几年前一样。他决定如果明年站稳了脚跟，一定给导师好好拍一期。

在做人物采访的时候，康宸玮也接触到很多人的善意。《老人与狗》那篇报道的主角吴老师前几天联系到他，说她愿意全力支持康宸玮去做接下来两期。康宸玮回忆道："一年前采访她的那天，她帮我削了一个苹果，递过来的画面像极了我奶奶，就这一瞬间我确信了和吴老师的缘分。"

他很庆幸的一点是，自己赶上了互联网的好光景，太多朋友是因互联网而结识。这些人带给他勇气和力量，改变着他的人生轨迹，甚至帮助他组成了新的自己。

没有一个真诚的媒体人，其作品能逃离他生活的轨迹，文学是生命的复写。长期以来，康宸玮的作品都聚焦底层社会、为少数群体发声，因此他作品里的丰沛、现实、痛苦、雄心勃勃和温情脉脉感染着大家。其实真正能够打动人和具备强烈辨识度的，就是媒体人对时代的关注。

（文 / 佘成雨）

风雨北漂路

我第一眼看到范儿的时候，他正把黑色的围巾从脖子上解下来，就那样揉成一团塞到了随身携带的挎包里。他的头发被咖啡厅外头的风吹得乱了型，他随意捋了捋，就直接坐下了，整个过程非常短暂急促，好像下一秒他就要匆忙离去一样。范儿满是歉意地朝我笑了笑，说路上有事耽搁了一会儿。

因为事先在线上沟通过，我们很快便熟络起来。咖啡厅播着安静的音乐，氛围很是融洽，我心血来潮问他："如果用一首歌来形容你，你会用哪首歌？"范儿想了好一会儿，他说："《北京，北京》。"

"咖啡馆与广场有三个街区 / 就像霓虹灯到月亮的距离 / 人们在挣扎中相互告慰和拥抱 / 寻找着追逐着奄奄一息的碎梦"汪峰的这首《北京，北京》，唱出了无数北漂人的心中所想。对于北京这样一所城市来说，混在本地人堆里的北漂们早已成为了最具有代表性的特色之一。人们总说，北漂几年过来的人，吃得了苦，挨得了饿，一路走来尽是辛酸泪，却也更接近梦想和自我。

家在鲁西南的范儿便是北漂的一员，他在 17 岁那年辍学到北京打拼。从一开始的身无分文、无技无能，到逐渐在北京站稳扎根，23 岁的他已在北漂的路上走了 6 年，一路上的坚持成就了今天的他，也让他了解和融入了北京这座城市。

初到北京

2012 年夏天，17 岁的范儿只身一人辍学来到了北京。原因很多，可能是因为大学的生活不尽人意，可能是因为对父母安排未来的不满，可能是想要找回自我来，也可能只是单纯的叛逆心理。所有的想法杂糅在一起，让他做出了这个决定。

2012 年的北京，高楼林立，车水马龙，街道上人头攒动，行色匆匆，四面八方传来的人们的交谈声和汽车喇叭鸣声交融成这所城市独有的乐曲，对于在山东的一个小县城生活了 17 年的范儿来说，展现在眼前的是一幅全然陌生的繁华景象。

这座无数怀揣梦想的年轻人心驰神往的城市，一下子燃起了范儿的斗志，他与有梦的人攒挤着，踏上了征途，他的梦想非常的单纯："一定要出人头地，证明自己。"

由于大学读的是口腔医科专业，范儿的第一份工作是在石景山做口腔相关的实习，那时候只是干干杂活，一个月 500 块的工资，虽说公司有安排宿舍住，但在北京还是负担不起日常开销的，经常吃了上顿没下顿。绝大多数的时候，每天就买一份 5 块钱的炒河粉，中午吃一半，晚上吃一半。饿一两次也是常有的事。甚至有一次，饿了两天多实在受不了了，身体的本能战胜了内心的挣扎，他在垃圾桶里找到了一块包装还算完好的大饼，混着泪水和尊严咽进了肚子里，这件事他之前从来没有和人提过。

“在去北京之前，我就预想过这些。万事开头难，在北京肯定不会一下子就很顺利的。虽然情况依然比预想的要差很多，但就算再怎么困难，我也没法儿回去了，学业也废了，总不能回去找我爸妈挨骂吧？当时就是感觉有股劲儿逼着自己，告诉自己：‘不能认输，你得咬牙坚持下去。’”

在最困苦的时候，拉不下面子的范儿没有选择和家里要钱，而是转而寻求朋友的帮助。虽说也只是拆东墙补西墙，但范儿有自己的原则：在借钱之前一定会告诉朋友，什么时候可以还钱，并且在承诺的时间之前归还，范儿的诚信让他得以靠着朋友的接济勉强度日。

那个时候，范儿的周围大多是北漂人，街上充斥着各地的方言。范儿不觉得自己和他们有什么区别，也不觉得他们和本地人有什么区别。没车没房没小孩，人们觉得北京户口能带来的绝大多数好处对他来说也不重要。“除了穷了一点，其他都没有什么影响，就好像在山东一样，只是繁华了一点、人多了一点。这里的人都各做各的事，虽然感觉有些孤独，但也很自由。”

2013 年春天，父母发现了范儿私自辍学的事情，顿时震怒，连忙打电话质问他缘由。预料到事情迟早会败露，范儿准备了充足的说辞，动之以情，晓之以理，想要说服父母。“给我两年的时间，如果没有任何成绩的话，就任由你们处置。”在范儿的承诺下，父母只好退一步，同意范儿暂时继续留在北京。

困境和迷茫

话虽如此，但在工作上，范儿进行得并不顺利。刚进公司不久，部门里便调来了一个新领导，带领他们这些新人适应工作。新领导是本地人，脾气很大，处处刁难他们。年轻气盛的范儿对于这个新领导很是不服，明里暗里和他对着干。相看两不顺眼的两个人最终因为一件小事爆发了冲突。

那件事之后，范儿就马上辞职了。但是对于刚到北京一年，工资甚至都无法保障温饱的他来说，辞职之后的生活成了很大的问题。没有了公司提供的宿舍，他只好睡在网吧里，半夜又被网管赶走，这家店不行了，就换下一家网吧。范儿拖着饥饿而疲惫的身体，在不断地被驱赶下挺过了四天，找到了一家网吧的隐秘包间，靠着里面的一瓶水和两个馒头躲了整整三天。最后他被网管发现，将他赶出门外，三天几乎没有见光的范儿在走出网吧的时候眼前一片漆黑，缓了半个小时才好过来。

那时候，范儿注视着街上行色匆匆的人，忽然觉得自己像是被隔绝在了世界之外。他甚至觉得，任何不经意扫过他的目光都带着嘲讽和鄙夷的意味。

这可能是范儿过的最艰苦的一段日子了，北京的冷，远超乎了他的想象。但这还不足以吹灭他心中燃烧的那撮火苗，越是不甘，越是执着，不放弃、不害怕成了他重拾信心的信条和信念。他对自己说：“没有什么还能比这更差的了，以后的日子总会变好的。”

就在这个危急的时候，朋友伸出了救命稻草，说帮他找到工作了，也是一家跟专业相关的公司，管吃管住，一个月2500元的工资。范儿宛若被从天而降的彩票砸中，温饱的问题解决了，不至于再流露街头了。

“当时来北京，没有什么朋友，就有一两个发小在北京。他们家人都在北京，算不上游刃有余，但是不愁吃穿，也能偶尔接济我。”对于朋友在关键时候给予的帮助，范儿表示了很大的感激，这是他在北京感到最温暖的时候。

但这种喜悦感很快便随着时间的推移被消磨殆尽，因为他燃不起一点对工作的热情，他想自己或许并不适合这样的工作。

当不用再担心温饱问题时，枯燥的工作和生活让范儿开始感觉到空虚和无措。当初向父母许下的承诺时不时浮现在脑海里，让范儿时常在夜晚辗转反侧，他在想：“我要一直这样吗？这是我所追求的北漂生活吗？”

挣扎和转机

范儿告诉自己：“应该有所转变了。”但他不知道可以怎样做，因此在很长一段时间里，他都在不断思考、不断纠结着。他开始打探各行业的消息，也开始回忆，他真正想要的是什么。

在空闲时间里和朋友聊天，碰巧聊到了工作的问题。朋友是做设计的，一些工作里的事情一下子引起了范儿的兴趣，也勾起了他的记忆。在大学时期，他曾对设计专业方向有过兴趣，也有这方面发展的意图，只是迫于专业的不对口，就放弃了。

但毫无专业基础的他，如果现在要转行做设计，一切都得从头开始，这意味着新的痛苦和挑战，还意味着巨大的时间和经济风险。

可是这一点仅存的可能性让他看到了另一种未来，于是在第二个公司待了几个月后，他再次辞去了工作。

当时手上的存款还有六千块，他咬了咬牙，花了两千四去报了专业的培训班，租了一个月租七百的筒子楼，开始了他的学习旅程。

两个月的时间，范儿只学到了一些基本的软件操作，这离公司的要求还有很长的距离，但他在这段短暂的学习里发现了自己对于设计的兴趣。范儿第一次发现学习是有乐趣的，甚至能让他渴望主动吸收新知识，业界前辈们的杰出作品也令他充满了向往和动力。范儿看到了他未来的路，准确来说，是范儿亲手给自己铺上了一条新的、通往设计师方向的路。

在 2014 年初，眼看积蓄快被用完了，范儿马上找了图文店的工作，白天上班，晚上就看书学习理论，或者练习软件操作。

图文店提供了地下室给像他这样的北漂人住宿，场地意外地大，大约有四百平方米，就只有范儿一个人住，四周都是废墟和堆砌的砖头，也没有厕所，晚上待着着实让人感到害怕，唯一庆幸的一点是，至少不会潮湿。住了半年多一点后，范儿又搬到了另一个地下室，和前一个截然不同的是，这个地下室非常的狭小，一个房间在放下学校宿舍规格的单人床后，只剩下一个四五十厘米的过道，而且非常潮湿阴冷。

地下室没有人管理，平时几乎都不会有人出入，一个人住在里面根本没有时间概念。“有一次手机坏了，我半夜突然醒了，赶紧起床洗漱，出门发现天还黑着呢，满天的星星都在，去街上问一下才知道，当时是凌晨3点。闹过好几次这样的乌龙。”范儿调侃道，“现在回想起来，就算是在那个时候，也没有想过放弃在北京打拼。”

谈及地下室生活的时候，范儿笑了好久。他说：“你是不知道北京有多少人住地下室。这都快成为一个地方特色了。不是说不怕环境不好，而是真的省钱。在北京这个地方，宁愿牺牲自己的生活条件也想花钱去做的事太多了，应该说，北漂的基本都是这样想的吧。”

后来由于新的地下室过于潮湿，住了两个月后范儿实在是受不了了，就搬了出去，图文店的工作也因此辞去了。

步入正轨

考虑到自学也有了一点进步，范儿于是盘算着找一家大型培训机构，系统地学习一下设计。四个月的学费要18000元，他只好去借了贷款，生活上的费用也不得不找别人借。

在机构里学的东西，虽然在技术层面上没有太大的帮助，但让范儿在理论知识上增长了一些，心里也有了底气和勇气。最重要的，范儿认识了很多志同道合的朋友，与那些来自天南地北的人一起努力做设计、聊设计的时候，他总是充满了乐观和自信。偶尔，他们也会在线下聚会，更多的时候是在网上聊天。纵观北漂的日子里，给范儿带来最深影响的，就是这群朋友了。

离开培训机构后，范儿轻松地进入了一家传媒公司工作，做一些设计影视海报等宣传物料之类的工作。这个时候的月工资有 8000 元，那时正是 2015 年，范儿来北京三年后终于能够养活自己了。

成功转行做了自己想要的工作，范儿一方面感到欣喜和感激，长时间的努力终于得到了回报，另一方面也清楚自己的设计基础并不稳固，因此在很长的一段时间里每天坚持浏览大量的设计作品来提高自己的审美，也做练习来提高自己的能力，甚至一直持续到现在，范儿也在坚持做这些训练。

然而在传媒公司待了一年多后，最初的新鲜感逐渐消散，而且随着时间的推进，这个公司的薪资已经不能够满足他了。在他看来，一份工作最好能满足三个特点：可以学到东西或者是有较好的发展空间；工资可观；休息的时间多，工作清闲。当这三点一个都没有满足的话，那这样的工作无异于是在浪费时间。在 2016 年底，范儿再次辞去了手上的工作。

辞职后的范儿，凭借以往的经验和设计方面的扎实知识，很快找到了新的合适的工作，在一家业界知名公司做品牌和网站设计，工资还算可观，有了一个自己的小窝，自由无拘无束的愿望基本实现了。

人总是要往高处走的，站在越高的地方，欲望越大，压力也跟着变大，比起六年前无欲无求、只希望温饱的他，现在他更成熟，对自己的生活更加不满意，也更深刻的体会到了“真正的”北漂生活。

“更多的还是一种庆幸吧，就像一种残酷的斗争，而我侥幸没有被淘汰。”作为千千万万的北漂的一员，范儿清楚地体会到，北漂就是一场前赴后继的旅程，无数人前往，又有无数人退出，而且永远不会结束，只会更加困难和充满挑战。大城市是包容的，也是冷漠的，梦想没有贵贱，唯有拥有坚毅和能力才能在这个地方生存下去。

而他所要做的，正是带着那股冲劲儿，一刻不停地向更高、更远的地方走去。

（文中人名均为化名）

（文 / 谭凯文）

家电中承载的梦想

电器维修工也有“匠人精神”

初遇宋坚时，他刚修好一台洗衣机。洗衣机被拆得四零八散，零件、外壳、维修工具散布在原本就不大的客厅。宋坚也因此常受妻子埋汰，“像个捡垃圾的”。

除了四处散落的家电零件，家里随处可见的“电路图”也代表了宋坚电器维修工人的身份。他热爱钻研，常常埋头苦“修”一整天，拿到纸就随手画电路图，吃饭的时候也在放维修教学视频。电线、螺丝刀、电路板、电流表等工具，成了他生活重要的一部分。妻子觉得委屈，“有时候真的觉得破电视、破冰箱那些是不是比我还重要。”

沉迷电器维修跟宋坚的性格有关。宋坚性格内向腼腆，话很少，身上体现着典型的工科男的“闷骚”。他常常把自己“埋”在失灵的电器里，直到修好为止，不管是不是要熬夜“加班”。尽管维修电器是他赖以为生的职业技能，但他常常不为钱，而是纯粹地“较真”。

这也是为什么宋坚会接很多别的维修店不接的活：小台灯、小风扇、老式电饭煲、老式电视机，甚至小到遥控器和计算器，只要顾客找上门，宋坚几乎都是有求必应。

宋坚曾为了修好一个老式电视机，跑遍县城的电子店，最后还是从淘宝的一家小店才买到适用的零件。零件到了之后，他发现，电视机的型号实在太旧了，新零件换不上去。但他依然没有建议顾客丢弃，连续几天修改新的电路板到凌晨一点半，几经折腾终于修好，除去材料费只收了顾客 30 块。

他把失灵的电器比喻成“暂时沉睡的璞玉”。宋坚相信，只要付出一定的时间和耐心，终会把他们唤醒。他很少放弃坏的家电，家里的电器也是用完了修，修完了继续用。能收获顾客的满意是他最大的喜悦，“他们把电器拿回去，用了一段时间会反馈说用得很好，这是对我工作的最大的肯定。”宋坚有些腼腆地说。

如今电器发展日新月异，每来一个新型号的电器，宋坚就要仔细钻研。小店里堆积的电器越来越多，宋坚仍然保持“龟速”维修，“修好了要自己试用半天，确定好了才能给人拿回去。”宋坚对自己高要求，他不能容忍偷工减料和滥竽充数，每接一单，都要细细打磨自己眼中的“璞玉”。妻子对他的坚持很无奈，“隔壁老王靠修空调就能发家致富，但他（宋坚）就是这么一个人。”

尽管很无奈，但妻子知道，小小的家电承载的是宋坚的梦想。

坎坷的自学之路

宋坚从小表现出较强的学习天赋。家里一贫如洗，在义务教育还没有普及的年代里，他靠捡瓶子、帮学校干活半工半读跌跌撞撞完成了中学的学业。宋坚的数学和物理成绩非常优异，高考后按理说能上到一个不错的大学，实现他当工程师的梦想。但迫于家庭经济压力，高考出分后，宋坚只是将成绩单收好，就离开家只身去了东莞的电子厂打工。

家里人怎么也没有想到，生性文静腼腆的宋坚打工一年后，拿着省吃俭用剩下来的钱去报考了成人大专，学电器维修，尽管与他原来设想的“工程师”职业有很大出入，但宋坚仍然热爱自己的工作。宋坚在广州大学两年的学业完成后，马不停蹄地再次“入厂”，他迫切需要将在学校里学到的知识运用到实践中，以巩固自己的认识和了解。

在厂里工作一年后，宋坚决心去考证，他希望能当上高级维修工。在他看来，充满未知的电路拥有无穷的魅力，可以在里面探寻和挖掘一个新的世界，他也因此婉拒了家乡的小学校长对他抛出的回校教书的橄榄枝。最后他亦如愿地考到了高级电器维修工的证书，但事实证明，人们对“高级维修工”的认知与他本人对“高级维修工”的认知有很大的出入。

没有任何积蓄的宋坚在东莞的电子厂里干了十余年。在十余年里，他就像一个陀螺，不停地在流水线上重复运动，既没能游弋于各种电路的神秘世界，也没能实现自己考证时的愿望。

宋坚心有不甘，深思熟虑后，他说服了朋友一起开了家电子加工厂。2006年的东莞，每个行业都发展得如火如荼，电子制造业更是一马当先，占据了东莞经济的重要地位。当时东莞对电子产品需求量非常大，宋坚认为自己能够凭借着在电子厂的丰富经验和人脉开一个小小的加工厂，逐步做成大厂。

宋坚利用下班时间学习开设厂房所需知识，准备加工制造电子零件所需物资，打通人脉。希望在偌大的东莞找到自己的立足点。

现实给了宋坚重重一击。尽管他技术精湛，但没有一个老板愿意投资这样一家刚起步的小加工厂，支撑了三个月之后，宋坚的梦想破灭了。

2008年，宋坚回到家乡，开始学修手机，早就过了而立之年的他学新事物明显变得力不从心。后来，他自己开了一家维修小店。

不被肯定的“蓝领”

对此，最开始，连宋坚的妻子也无法理解，“为什么每天都把自己搞得破破烂烂的，做一份稳定的工作不好吗？即使是保安或者电工也好啊！”

宋坚个子不高，身材瘦削，面容清秀，自从开了自己的维修小店，他出门时一定会背一个“维修百宝袋”，里面放着各式各样的工具。通常人们通过微信或者名片上的电话找到他，宋坚便开着自己的“小毛驴”提供上门服务。

“电器坏了就得修，就像人身体有毛病就要需看医生一样，我们这些人是电器的医生。”宋坚半开玩笑地说。而实际上，近年来，宋坚的工作受到了不小的冲击，人们似乎越来越不需要“电器的医生”。

随着家电革新越来越快，家电的价格也越来越便宜，越来越多的年轻人宁愿换新的家电，也不愿意请人上门维修。这点也在宋坚口中得到了证实，“现在招人维修的大多是像我这样的老一辈人，年轻人很少。”

宋坚对自己的本领很有信心。他不仅擅长维修家电，还能安装各式家电，除此之外亦能疏通管道与开锁。夏天的时候，他会帮大厦安装空调和电冰箱，有时候甚至会做一些与建筑相关的活。即便在科技发展迅速的今天，宋坚依然非常乐观，不认为自己会被替代。

这种信心很大程度上源于宋坚对维修这一行业真正的热爱。宋坚始终认为维修这一过程是机器代替不了的，“打个比方，不是换上零件电器就能好，是需要不断调试的。不投入温度和感情，是修不好的，机器能做到吗？”宋坚经常静静地埋在机器堆里，享受跟机器在一起的“美好时光”。

作为谋生的工具，宋坚花长时间修电器很正常。“不正常”在于，他修电器价格极低廉，而对“维修”这件事又非常执着。

高中同学常让他帮忙修电器，常叹息，“你当时要是读大学就好了，就不至于现在……”宋坚笑笑，修好之后分文不收就离开了。

为你画一台电视机

连宋坚自己也没有想到，作为一个典型的工科男，他与妻子之间的相识会这么浪漫。

彼时宋坚在厂里打工，林芳当时还不是他的妻子，家中电视机坏了，通过朋友了解到宋坚会修电视机，而且不收钱，便联系他上门修电视。

林芳一看宋坚，内心马上涌起了别样的情绪。年轻的宋坚浓眉大眼，五官立体，话虽不多，但相当温柔。少女林芳决心拖住他，几番以电视机没修好为由，与他见面。内向的宋坚隐隐约约感知到了林芳对他的情绪，既慌张又开心，“我想我一个工人，又没权没钱，犹豫了很久。”最后宋坚还是“豁出去了”，他想着自己读了一点书，而且懂一点画画，“先留住她的心吧！”

画画也是宋坚一个惊人的技能。他从未受过专业训练，但对色彩的运用和构图拥有非常敏锐的直觉。他为林芳画了一台大大的电视机，彩色的，电视机的背后，是错综复杂的线路图。那个年代，连黑白电视机都未曾普及，宋坚却在画旁写上大字，“以后我给你买一台大彩电！”

后来，宋坚经常给林芳画各式各样的画，既有林芳的素描照，又有各式各样的彩绘。宋坚坚持认为自己是从“画电路图”中学的绘画，他对待简单的电路图也非常严谨：线条一定要直，要一笔成型，不能断断续续的。

妻子很喜欢宋坚的画，“要是他不是出生在这样的家庭，做什么不行呢？他喜欢学习，又有绘画天赋……”宋坚却总是打断妻子这样的论述，他不喜欢沉浸在哀叹中。“我们没有办法改变出身和命运。”

相爱多年，如今的宋坚已经不会为妻子画电视机，家中倒是常常遍布被拆散的“彩电”零件。妻子总感觉受骗了，“你说给我买大彩电，原来是坏的彩电吗？”妻子嗔怪道。

但其实，如今找宋坚修电视机的人已经越来越少。几年前，电脑和手机还没有像现在这么普及，电视机承担了人们的主要娱乐任务。巅峰时期一天有十多个人同时找宋坚修电视机，而现在几天只有一台。

在宋坚看来，人们已经不怎么需要电视机了，他自己却不一样，他对电视机却有着别样的感情。“小时候很少有机会看电视，第一次看见它就很着迷，很想拆开看看里面装的是什么。后来画了一台电视机给林芳，这是我第一次给她送礼物……”

如今宋坚接的订单越来越少，他也不得不“拓宽业务”，学习更多别的职业技能，但他对维修这一行业非常乐观，“总不可能大家都不用电视了嘛！”

今年，宋坚的高中班级有人组织起了同学会。那天，他换上了平常维修电器时绝不会穿的衣服，往头发打上时髦的“摩丝”，擦亮人造皮鞋，与妻儿打好招呼，编辑了一条朋友圈：本店有喜，今日休息！匆匆拉上小店的闸门，他便往夜色走去，重新找回读书时代的记忆。

（文中人名均为化名）

（文／谭海燕）

岔路口

一步错，步步错

在揭阳市惠来县隆江镇，一声电话铃，打破了周家安静的生活。

电话那头，一个陌生年轻男子的声音，“……利息将会翻倍……信用积分将会大幅度下降……请尽快还贷……”

“你是哪位？不认识你。”周大爷用不大流利的普通话回应对方，挂了电话。

“是谁打来的电话呀？”周大娘收拾着刚用完晚餐的碗筷，边问道。

“诈骗电话，贷款的。”周大爷不假思索地回答。平日看多了电信诈骗的新闻报道，周大爷对陌生电话很是敏感。一眼识破对方来意，周大爷对此有些许得意，语气不自觉得带上几分不屑。

2016年2017年这几年，电信诈骗很是常见，除了电视新闻上常常出现，学校也发过通知书，提醒家长注意防止学生的学费或生活费被骗子骗走。周大爷身边也确确实实有人上当受骗。

在周大爷挂掉电话之后，在深圳市，刚从面包车上搬完好几箱冷冻海鲜的周爸也接到了这个电话，在这之前的几天，周爸已经接过好几个借贷商的电话，要求立即还清贷款，欠贷名字都指向周爸的儿子周韦。“刚开始我以为是诈骗电话，不去理睬他们”，但连续几天接到不同公司打来的电话，周爸发现事情没有他想象的那么简单。

周韦是家里的长子，周大爷的长孙，我们第一次见面，是在一家电子工厂，他在那里当技术工组长。周韦看了我一眼，手在牛仔裤口袋里掏出烟盒，问道：“抽烟吗？”厂里有四个技术工组长，年龄都在40多岁，只有他一个还不到30岁——周韦在他姑丈的工厂打工，姑丈给他“特殊培养”。

一进来就有特殊待遇的周韦并不受同事的欢迎，人们对他不是很服气，也不是很尊重。和他同居一个宿舍的室友也不怎么待见他，室友不讲卫生，从不扫地洗厕所，床铺乱糟糟，枕头被子被抽烟掉落的烟灰沾得灰灰的，房间每次都是周韦清洁。有一次大家做完工作，排队轮流洗澡时，有一个同事想插队，遭到周韦拒绝后，他便举起了装满热水的水桶，泼向周韦。淋湿了的周韦迅速将同事摁在了墙上，高高举起了握紧的拳头……姑丈及时赶到，在姑丈的劝阻下，周韦最后忍着没把拳头砸下去，即便这样，被用力摁住的胸口已经疼得让同事哇哇大叫了。

周韦初中时在超市花了50块钱买了两个哑铃，初中三年，周韦在家里双手没有一天离开过哑铃，勤奋的锻炼练就了他一身肌肉。周韦很早就知道，要有实力才能保护好自己。刚上初中，放学经常有人围着他找事儿。周韦每天拼命举哑铃，以至于吃饭时手抖得拿不起碗筷，不到一个月，那些挑事儿的同学都不来找他了——他们感觉到周韦的身板逐渐变得结实了。

听姑丈说，周韦本来话不多，见人从不开玩笑，不讨好不迎合别人，有话说话，没话便沉默，近些天来周韦更是一句话也要省着说。

电话对面说自己儿子贷了款，欠了许多钱没有还，周爸不相信，也想不通自己儿子工作得好好的，要借那么多钱干嘛。思来想去，周爸打通了儿子的电话……

2016年5月，周韦向21个手机应用贷款，贷款金额从100元到50000元不等，总共借贷20多万元，多为短期借贷，还贷时间在三个月内。到2016年12月，周韦需要偿还的贷款和利息达30多万元。期间周韦通过各种方式延长还贷时间，甚至为了支付最低还贷的金额，继续注册新的贷款账号，借新贷再还旧贷。

这通电话，把周韦从惠州叫到了深圳。在深圳一间民宿里，贴满了奖状的墙壁挂着调快了半个小时的时钟，晚上七点多钟，周爸、周韦和他四个弟弟妹妹围成一桌吃晚饭，饭桌上除了番茄炒蛋，油菜和一盒装在快餐泡沫盒的卤鸭肉之外，还放着笔和翻开的笔记本。笔记本上密密麻麻地写着数字，还贷日期以及贷款的公司的名字，这是吃饭前周爸要求周韦写的。面对周爸的责问批评，以及弟弟妹妹们投过来的目光，周韦一言不发，低着头吃饭。

2016年3月，周韦经朋友介绍，开始接触赌博圈子，到4月份，周韦赌博赢了有10万块钱。5月份，周韦输掉了他30多万元的积蓄，还贷款欠下了20多万。

俗话说“三十而立”，周韦在29岁这一年，却走向了深渊。

没房没车欠款20万，对29岁的年轻人来说，无法想象。

“赌神”的圈套

揭阳市惠来县的那个家，是周韦长大的地方。屋子二楼一个敞亮的房间里，留着周韦成长的痕迹。墙上刻着一道道的横线，旁边标记着从150到180之间的数字。抽屉里放着一本笔记本，里面写满了临床症状和治疗药方的笔记。桌子上贴着一排高楼大厦的贴纸，贴纸脱落的边角背面印着字体，可以看出是从课本或杂志剪下来的，用白乳胶糊上去的。

这一排大厦贴纸旁边，标注着楼的层数和高度，这是一个小乡镇的孩子对城市的向往，对成功的想象。

周韦小时候家境并不好，每顿饭都要吃番薯。红番薯、白番薯轮着吃，极少吃过紫番薯，因为紫番薯相比之下贵了一点。一个月才偶尔买的一斤猪肉或者半只鸡也要家庭七八人分着吃。

周韦初中成绩优异，老师都说他是“读书的苗子”，他对数学情有独钟，曾参加过奥林匹克数学竞赛并获得二等奖，但一家中年龄大的孩子总要负起更多的责任，周爸并不打算用极其有限的经济条件承担他去县城上高中的费用，在老师们的惋惜声中，周韦辍学，初三毕业后就开始出来社会闯荡。

在那个年代，隆江镇的孩子们都不得不早早地去广州、深圳等城市打工，为家庭减轻负担。他们大多是小学或初中学历，即使成绩好的孩子也得辍学为生计忙碌奔波。

“邻里附近和我同龄的人，大多混的还没有我好。”周韦叹息。“我们没文化没背景要怎么混出头呢？”周韦把卷起的衬衫袖口放了下去，一颗一颗地扣上袖口的纽扣。

在外头打工的日子里，周韦尝试过许多赚钱的办法。有一段时间，周韦买卖金条，靠金条涨跌差价来赚钱。

那段时间，周韦每天紧盯黄金价格涨跌趋势，“这有点像炒股，但没股票那么复杂”，周韦拿得出手用来买金条的钱也就两三万，折腾好几天买卖一次最多也赚不过百来块钱。没有原始积累，投入少收成也微乎甚微，倒是把自己搞得很累。但周韦总得想法子赚钱，他的梦想是高楼大厦，不是月薪一万的稳定工资。“要再买不起房买不起车，我连老婆都难找了。”周韦苦笑着说。

2016 年 3 月，惠州市房价上涨了，原本不到一万块钱每平方的房价，过了一夜，涨到了一万三千块钱每平方。姑丈原先给他看中了一套房子，答应给周韦垫付一半的钱，这样周韦就可以买下这套房子了。但周韦没有及时下手，一路下滑的房价曲线，在第二天突然飙升。

“我那会儿劝了他好几回，赶紧买了，但他就是犹豫，还想着等房价降得更低。”姑丈在电话里说，“要是当初买了房就好了，这样顺顺利利，娶个老婆，组建好家庭，生个娃娃，生活过得幸福美满。谁知这房价说涨就涨，那败家子，估计心里也焦急地很，才会想到赌博赚快钱。”

“看这势头，房价是不可能再下跌了”，姑丈说。

房价上涨后那几天，周韦多次早班缺勤。有一次给人家换电线，周韦抽出红蓝两条线，拿起钳子刚要剪断红线时，才猛然想起电阀总开关没关，惊出了一身冷汗。

后来经过朋友介绍，周韦加入了一个 QQ 群，周韦进群之后，发现里面的人自己大多认识，有几个是厂里的同事，还有几个是之前的朋友。群里的关系网挺紧密的，许多人是相互认识的。QQ 群主是一个叫“力哥”的人，是周韦一个朋友的朋友。如果这是一个交友群，那再好不过了，可这是一个赌博的群。因为群里成员大家都相互了解认识，所以便不怕会有人不诚信守用，赖债不还。

他们通过用手机应用进行赌博，周韦觉得好玩，抱着试一试的心态踏入了赌钱的大门。刚开始，周韦运气好，连续赢了不少钱。多次下来，周韦赢了 10 万多元。周韦逐渐成了群里的讨论对象，有几个人开玩笑叫他“财神”。

在 QQ 群里，大家会对赢钱的人开玩笑，戏称他们为“赌神”或者“财神”，说他们运气好，有福气，表面尽是赞美，钦羡之辞，言语之后淡淡地透漏几许嫉妒。

2016 年 3 月 26 日晚上，冲完凉水澡，周韦下楼买了花生和啤酒，回宿舍一个人坐了很久。

像许多个夜晚一样，城市的喧嚣在夜幕降临之后渐渐消失，耀眼的灯光慢慢停止躁动，夜幕降临了，然而周韦并没有随着黑夜安静下来，他的心躁动着，狂跳着，周韦做了一个决定。

第二天，QQ 群里一片骚动，周韦将赢来的十几万都赌了进去。“这小子疯了吧”“这谁赔得起呀”“太冲动了吧”，群里一阵沸腾，除了质疑，嘲笑的声音之外，还有少许正面的声音：“这小子要发家了吧。”

虽出来社会工作多年，周韦还是对以前读书时学过的成语印象深刻，他知道他把所有的钱都押进去，这种行为称作“孤注一掷”。但他也知道“破釜沉舟”“背水一战”的故事，项羽把船凿穿，把锅砸碎，抱着决心才击败了秦军。韩信将一万士兵背水列阵，击败了对方二十万大军。周韦相信，自己会置之死地而后生，“收益大的风险就高嘛，这挺正常”。

“风险高”，这是股票市场，投资市场人们最忌惮的词，但在周韦眼里这个词不具有那么大的威胁性，入门开始就连续赢了十几万的周韦相信自己的好运气还会持续下去……

对家人的愧疚

“追女孩子嘛，就要大胆一点，不能畏畏缩缩的。”周妈在和周韦通电话。

“平时也要活泼阳光一点，学着多说话，多说些玩笑话。整天闷着，哪个女孩子会跟你搞对象啊……”周妈为周韦的婚事着急，恨不得周韦早点开窍，处到对象。

挂了电话，周妈叹息道：“唉，我也不能当着他的面说，现在的条件，不是我们挑姑娘，是姑娘挑我们，要求不能太高。”周妈愁着脸，“周韦也没嘴舌，不会逗姑娘开心。”

输掉了积蓄，欠了钱的周韦现在哪来的底气跟女孩子谈笑呢？29 岁是成家立业的年龄，没钱了可以再赚，但婚姻大事还是不能再拖了。输了钱之后，周韦不得已重新调整自己的眼光和要求。

周妈还一直以为那天打来的电话是来敲诈的，直到周爸告诉周妈，周韦赌博欠了钱贷了款，周妈才反应过来。周妈想不到平时沉默老实的周韦会这么大胆，居然敢赌博，还输掉这么多钱。知道事情之后，周妈又气又怕，夜里想起周韦，一会儿寻思着周韦走上了赌博道路的原因，一会儿担心周韦会想不开，一会儿又想起周韦小时候，自己没有好好对待他，心情翻来覆去，气愤、愧疚、不安、疑惑、惋惜，周妈心里五味杂陈，好几晚没睡好觉。

问及周韦的婚姻问题，周韦深深地抽了一口烟，不愿多说什么，“看缘分呗”，周韦用最简单的回答结束了这个话题。

让周韦耿耿于怀，心里久久放不下的，是对家人的愧疚。这件事情，连累麻烦了家人，还让家人担惊受怕。“要是当初赢了那 10 万块钱就立马收手就好了。”赢了钱会让人想赢更多的钱，输了钱会让人想赢回输了的钱，太容易赚的钱会让人贪心。周韦在输了那 10 万块钱之后，心有不甘，又一次次地继续冒险，以赢回那得而复失的 10 万元，最后不仅输光了积蓄，还欠下了债。

饭桌上的本子让周爸感到心慌，记在本子上密密麻麻的贷款信息，透着一丝危险。大部分贷款已经超过几个月没有还了，周爸想到一种可能，周韦要是被盯上怎么办？万一一出门就失联也说不定。

在周爸、姑丈和周大爷的协助下，本子上的贷款一条一条地被划掉了，周韦的贷款也一笔一笔地还清了。

饭桌上低头沉默的周韦失去的似乎不仅是钱，他还失去了底气，失去了自信，以及以前的形象。

连高高在上的大哥形象也没能维护住，周韦成了弟弟妹妹的反面教材。

“看缘分”的周韦又被周妈安排了一次相亲，周韦要从惠州坐车，下午三点前到达深圳。他看了下手表，说：“我该走了。”

（文中人名均为化名）

（文／柯深镕）

忠于动画之梦，存于夹缝之间

2009年6月，从韶关大学美术学院毕业的季杰来到了深圳谋生，每天早上8点搭40分钟的公交车去一家台湾人投资的小公司上班，看着深圳每平方米一万元的房价直呼“买不起”。

2012年11月，季杰依旧单身，合租室友换了又换。但他把握住了天赐的良机，加入华强集团《熊出没》的电影制作组，在其中担任动画分镜师，从此走上了动画电影制作的道路。

2018年5月，在腾讯集团供职的季杰已经成家生子，同样从事动画行业的妻子何川带着儿子暂住上海，而由他担任制片的动画电影将于次年上映，这个家庭未来的去向很大程度上将取决于电影最终的票房。

在深圳这座现代大都市生存了九年，季杰跳过两次槽，先后在三家动漫公司任职，参与了十部动画作品的完整制作。他亲历了中国动漫产业的发展、繁荣和挫折，但他追寻动画梦想的初心却始终未变。

“他用使命感来留我”

季杰大学四年学的是动画制作，在就读期间已经出过不少优秀的短篇作品，到大四时甚至已经可以用奖学金来支撑日常生活费用。毕业前夕，有许多同学选择实习，他却放弃实习机会，投入了大量时间完成毕业作品，这也使他的毕业设计拿到了 90+ 的高分，为他日后顺利工作打下了基础。

毕业之后，他被同学从韶关拉到深圳找工作，因为当时刚成立不久的华强数字动漫公司在毕业生间很有人气，“大家都觉得这个公司非常安全，因为前身有一部分是国企，感觉就像在事业单位一样，绝对不会裁人。”

然而同行的同学被招进了华强，成绩优秀的他却没能通过华强的招聘面试。最后，他只能去面试另一家台湾人办的婚礼动画公司，通过之后便留在了深圳，和另外三个在华强上班的同学合租。

“当初去那里是因为待遇不错，过了实习期三千五百元一个月，比在华强要好。”当然，季杰也有他自己的打算，“开始工作一两年时，比起工资，学习新技术更重要，所以虽然我想着工作一年后就得升工资，但如果那里有东西能让我学，不涨也没关系。”

抱着这种心态，季杰在这家婚礼动画公司干了下去。这家小公司的设计部总共只有五人，人手的不足意味着一部几分钟动画的制作基本都得靠独立完成。在多次操练中，他逐渐熟悉了剧本、分镜、美术、动画、配音和后期的运作流程。在校时没学过分镜这一概念，他就在总监的帮助下学习分镜设计，培养分镜的画面感。

然而，一直做简单的flash动画很快就让他感到无趣，一旦掌握了基本流程，就也没什么可以学的东西了。“学不到东西就要谈钱”，补习班学生般的想法驱使他去找老板谈判，却被老板以各种理由堵了回来。

涨工资是没戏了，升职也是不可能，公司那么小，主任不辞职他就一辈子都上不去，于是季杰开始考虑跳槽。

“原本打算投腾讯的，去腾讯做游戏比较好赚钱，但其实我不是很喜欢。室友看我开始私底下练习动画，为面试做准备，就问我要不要再去华强试试，我一听做动画，这才是我喜欢的。”

室友的邀约并非一时兴起，早在入职后没多久，他便将季杰的毕业作品带到公司给上层看，询问季杰面试不通过的理由。

上司看到作品非常惊讶：“这样好的作品，作者怎么可能被刷出去？”

综合面试官的反映，只能认为是他当初在面试的方向上选择失误，没能把自己的优点展示出来。这之后，上层便希望室友能有一天将季杰带过来。

面试方向正确加上这一年积累的经验，这一次，面试很顺利地通过了。

第二天，季杰到婚礼动画公司辞职时，总监整个人都慌了神：“这小伙子怎么突然就要走啊？还走得那么开心？”

恰逢总公司的老板从台湾过来视察，为了挽留住季杰，特意跟他约谈了一番。

“他还是没跟我谈到钱。他用什么留我？他用使命感来留我，说咱们做婚礼动画的是为了别人的幸福，要有使命感。”

季杰一阵苦笑，他好歹也是个梦想振兴中国动漫的有志青年。

“没钱怎么谈使命感？我就果断地走了。”

《捕快一个半》的停工

2010年7月，季杰加入了华强数字动漫公司，当时的华强正处在一个特殊的时期。

原本，华强科技文化集团一直以开发科技公园等科技产品为主打方向，却一直苦于公司名的“文化”二字无法体现，故而在国家拨出资金扶持中国动画制作时，果断地建立了动漫公司，“打文化牌”。而季杰正是在华强集团如火如荼地批量生产动画时入职的。

虽然早在进来前就知道这座公司名声已经传开，但在进来之后才发现华强真的有非常完善的资源。它建立了一个非常体系化的生产水准，“从策划、编剧、美术、台本、建模、动画、配音、后期、成品到宣传，全是由华强内部完成，一条龙贯彻到底。”这样的生产模式省去了同外包公司谈判及沟通的时间，将效率最大化，在国内几乎找不到第二家能做到这样的影视公司。

“人真的特别多，整个公司得有两三百人吧。”季杰竟有些兴奋起来，“进去之后就感觉非常繁荣、蓬勃，大家都做得很开心，互相学习，热情非常高，气氛非常好。其实大家工资也拿得不多，但是就是年轻，热爱动画，所以愿意做下去。”

就像手冢治虫画出《新宝岛》，打开了日本漫画纪元的大门一样，季杰和众多年轻人也想探寻属于中国的“新宝岛”。

作为刚入职的新人，季杰一开始接到的项目是一部用来赶产量的动画。这是一部以成语故事为主题的作品，每集四分钟，到最后也没有在电视上放映，只在地铁的小电视上放过。它的制作周期非常短，季杰以及同事们一天就得做完一集，而正常的动画制作速度一天最多也就一两分钟，因此不仅工作量大，质量上也是一塌糊涂，以至于每次编剧把剧本交给季杰，他在开工前都要先读上一遍，改掉众多剧情的漏洞后才动工。

不过季杰承认，这个项目也给了他很大锻炼，至少这是他第一次做非 flash 动画。片子里的人物全是 Q 版，造型简单，使他学习制作正式动画的难度降低了不小；尽管是凑数作品，时间上也很紧，但好歹也要讲究最基本的质量，他的作画速度和创意构思都得到了不小提升。

几个月后，有其他项目组的人看中了季杰编故事的能力，把学得差不多的他调走了。新项目《咸蛋寺》有完整的故事体系，也更注重人物细节，更加考验他的造型和编剧能力。

但季杰也没有在这个项目组久留，很快又被调到了他的第一个 3D 项目组——《小虫虫大智慧》。以往国内的二维作品，在透视、作画角度上要求并不严格，3D 作品对于镜头感的要求无疑提高了工作难度，但同时也使他完成了从 2D 到 3D 动画师的转变。

“那之后又被调到了其他几个项目干活，都不是那么久。然后就是《捕快一个半》了。”

说到《捕快一个半》，季杰毫不吝啬对其的赞美之辞。这是华强自认最好的、最为看重的一个动画项目，集合了几乎整个公司的精英分子，投入了大量资金进行3D创作，甚至请来了好莱坞的编剧负责剧本。时值《功夫熊猫》系列的成功，让公司上层看到了以中国文化为主题的产品的曙光，迫切地想要做出一个质量非常好的动画。而公司内的动画师更是劲往一处使，他们来这里就职不是为了做凑数动画的，而是来为中国动画的复兴出一份力的。季杰自然也是这样想，至少他在这个项目组里竭力汲取知识，感受到了做动画的快乐。

然而这部备受期待的作品最终却胎死腹中。

公司底下的动画师自然是一片反对声，包括负责这个项目的经理，带头坚持要将这个作品做下去，绝不能中断。为了“公平起见”，管理层特意组织了一次部分员工参加的会议，让大家表决决定这部动画的去留，但表决的结果依然是停止项目。季杰和其他动画师一样感到无奈，但很快，在项目组解散后，他就被调到了《熊出没》制作组中。

《熊出没》的“抬头”

季杰加入《熊出没》时，这部动画还没火，第一部已经制作完毕并在电视上放映，第二部还在制作中。

当时公司上下，对《熊出没》并不看好。

季杰觉得,《熊出没》的走红完全只是一次偶然，机缘巧合之下，它在恰当的时间放映，给了恰当的人群以恰当的需求——尽管《熊出没》预设的受众人群一直都是低龄儿童，但让它火起来的却是成年人。社会人们每天下班时都已经十分疲惫，回到家后只想好好放松身心，所以他们需要一部搞笑的、不必费脑的电视节目，看到好笑的地方就哈哈两下，躺在沙发上时间很快就轻松地过去了，在下班时段放映的《熊出没》正是起到了这一作用。因此成年人们开始在微博、贴吧上讨论这部动画，带动了话题性和收视率，这样的结果让整个华强公司的人都感到不可思议。

季杰就这样留在了《熊出没》项目组中，完成了第二部和第三部的制作。公司慢慢撤掉了各种凑时间的项目制作，把全部重心放在这部动画上，而他也在平稳的工作中慢慢找回了安全感。

到了2012年年末,《熊出没》在全国范围内都有了相当的人气和热度，总经理产生了做动画电影的想法，并开始向高层发出提案。

这成了季杰职业生涯的一个巨大的转折点。

飞跃

借着《熊出没》的势头扶摇直上，正是顺势推出电影千载难逢的时机,《熊出没》项目总经理尝试着跟高层洽谈制作动画电影，最终争取到了一部90分钟的动画长片——《过年》。

于是整个《熊出没》制作团队被分成了两拨人，一批继续负责电视动画的制作，另一批则着手动画长片的制作。季杰负责了《过年》的一部分分镜设计。

说是动画长片，其实《过年》的性质已经无限接近于动画电影，这对初次接触这一领域的季杰而言又是一次全新的挑战，他自然很乐意做好这部片子。工期很紧，2012 年 12 月立项，2013 年的春节就要上映，短短三个月时间，季杰和团队的其他成员经历了没日没夜的“加班爆肝”，但这也使得他们的能力有了质的飞跃。

《过年》完工了，虽然因为时间紧促在剧情节奏上略有不足，但季杰敢打包票“在当时国内已经强过所有同期的动画电影了”，播映之后的反响也证明他的这番话并非夸夸其谈。《过年》播映后的收视率一度登顶，在微博上也引来了很多讨论，“看哭了大人也看哭了小孩”的好评不绝于耳。

“以往角色光头强都是被塑造成一个反派，这是我们第一次以一个主角的形象去塑造他，体现他更加人性的一面，也奠定了以后这个人物的基调。要说的话，就跟最近很火的‘灭霸’一样，是有自己的苦衷和坚持的反派吧。”

在极好的口碑带动下，《熊出没》电影获得了立项，拨了一千万资金下来。

也是从这时开始，季杰完全进入了动画电影的世界，也步入了华强创作核心的队列当中。虽然幅度不大，但他的工资在以半年为周期往上涨，也不再受到加班和剧本分歧的束缚，在公司员工中逐渐有了足够重的发言权；更重要的是他接触到了更丰富的资源，掌握的知识也随之变多，这对他的事业而言简直是锦上添花。

季杰就这样在电影创作团队中干了两年，学习了两年。2013 年制作了《夺宝熊兵》，2014年上映，两亿的票房成绩刷新了国内动画电影的记录，同年制作的《雪岭熊峰》2015年上映，是季杰最得意的作品之一，他在其中担任了分镜设计和剧本二职。

这期间，季杰还认识了中途加入电影制作组的何川，她经过申请从其他子公司调来协助团队进行策划。在《雪岭熊峰》制作期间，二人有过多次就电影剧情的交流，就这样在公司的采风旅行中擦出了爱的火花。

之后，季杰和何川淡出了第三部电影《熊心归来》的制作，去了北京。

此时，有猎头通过网上的简历找到了何川，是上海的东方梦工厂动画公司想要挖她过去。这是家美国梦工厂同国企合资兴办的公司，参与过《功夫熊猫3》的制作。

“做梦都不会梦到有这种机会，我觉得只要是个做动画的、对动画有梦想的人，都绝对想要去这样的地方。所以我几乎没有任何犹豫，告诉她，如果这个公司真的要她，马上就去！”季杰的支持给了何川极大的勇气，她于2016年1月只身前往了上海就职。而季杰也结束了北京的开荒生活，回到深圳。

回到深圳的季杰自毕业以来第一次过上了独居的生活。前几年积累的大量加班时间使他如今可以随意地不去上班，他便和何川约定每月至少见一次面，而且见面地点会定在重庆、杭州、桂林、日本等旅游胜地，小两口在那里见面后会顺便游玩个好几天。

2016年12月，季杰和何川领了结婚证，不久就有了孩子。次年3月，季杰正式离开工作了七年的华强，跳槽到腾讯动漫公司。

“一切全看这部电影了”

加入腾讯后的季杰变忙了许多，很难再抽出时间同何川见面。临近临盆的何川需要有人照顾，于是季杰的父母从潮汕老家搬到了上海，负责照顾儿媳妇。

夫妻刚结婚就因工作两地分居的情况并不多见，更何况这个家庭刚刚迎来了一个新生命。季杰也一直在考虑接下来要怎么行动，但首先他必须先做好在腾讯的工作。

“这是我第一次尝试非 Q 版的、正常身材比例的人物形象，剧情上也更加成熟风了，因为受众是青少年以及往上的年龄层。做得不快，得明年才出得来了。”

虽然季杰的话显得很轻松，但一开始这个项目并没有那么顺利。制作团队内部想法各异，争执不下。

季杰被安排以执行导演的身份“空降”制作组，他做了自己力所能及的事，理思路、改剧本、做分镜，“我认为总归起到了点作用”。

制作进行到中期，制作组重整了人员结构，季杰开始担任制片，管理的事务也变得宽泛，他也终于找准了自己的位置：管理、扶持成员，从总体上统筹剧情，控制好电影的灵魂。

“能不能升职和赚钱，我去上海谋生还是母子俩回来深圳，一切全看这部电影了。虽然觉得两边都 OK，不过我还是想尽力做好它的。”

说到这里，季杰伸了伸懒腰，眼神里透出大四毕业生般的光芒，那是站在全新起点上踌躇满志的标志。

（文 / 林泽渠）

站在音乐梦想的最前线

2016 年最后一天的晚上，珠海这座城市的静夜迟迟未来，街灯不似往日早早熄灭，年轻的人成群，年长的人携幼，在各处的霓虹斑斓下盼望着下一个年头第一天的到来。

这天晚上，位于珠海市前山街区的金嘉创意谷是不眠的，成百上千的人们聚集在这片还在不断开拓的广场上，聚集在无数光束灯照耀着的舞台下，聚集在无数个性张扬的音乐人的跟前，和这个世界的每一个人一样期待着 2017 年的到来，同时也期待着下一首歌曲，下一位艺人的出现。人们的欢笑声、合唱声，艺人的人声、乐声，在这块广场上彰显出从未有过的生命色彩。

开业的第二年，九号仓音乐工厂在金嘉创意谷这个创意园区开始了他们 2016 年的最后一个活动，也是他们接下来无数征程中的第一个——2016 年民谣音乐节。

面向着舞台，人群的后方架起了一层高台，朝前方延伸出无数的电缆线。音乐总监东平坐在调音台前面，左手调整着调音台上的参数，右手把垂下着的长发往后一捋，拿起对讲机发号施令；舞台前台，高大结实的西北汉子石力维放下对讲机，依着师傅平哥的要求，带着志愿者们快步上了舞台，调整那些躁动着的音响设备；高台前方，摄影师李梦杰单膝跪在地上，端着沉重的长焦镜头对着舞台上跳动的歌手拍摄，浅蓝色的长裙没能阻碍她四处奔波的脚步；最远处，总导演梁楚站在广场四周绿色的旗帜下，注视着他们费劲心血搭建起来的这片舞台。

这是九号仓音乐工厂团队无数战斗中的一次。

"制造音乐的地方"

九号仓音乐工厂是我和朋友暑假工作的地方，是九号仓文化传播有限公司旗下的一个品牌，一个店面。店面作为公司的品牌Livehouse（展演空间）在金嘉创意谷经营，同时也兼有酒吧的商业作用。它主要为珠海以及在全国各地演出的独立音乐人、艺人们提供演出场地，促进独立文化、原创文化的交流发展。而二楼文传公司，则是负责各种活动的策划、宣传工作，支持着一楼音乐工厂的发展。

第一次去到九号仓音乐工厂与二楼的办公室时，它特有的文化气息就深深吸引了我，无论是音乐工厂一楼各式复古的音乐海报，或者过道那面绘满摇滚巨星的壁画，又或是办公室里优雅的装潢。而在一个夏天参与他们的工作，了解他们的文化后，我更是深深地，被这些追梦前线的人们折服。

石力维或许是九号仓团队中最年轻的一位，2016年的暑假我和朋友在九号仓做实习生时，他刚刚毕业，在这里正式就职，我们是他带的第一批“小弟”，自称作“石头大队”。

石头老家甘肃兰州，年轻时因为考试失利，来到了遥远的珠三角地区，感受着南方城市四季无冬的新鲜体验。他身上带着西北汉子的潇洒与义气，心里却有充满男孩一样的天真，非凡的口才不仅使他成为一位极其幽默的胖子，也给了他一片广阔的舞台：他是珠海知名乐队ABSOFF的主唱，也是我见过唯一一个在舞台上讲相声的摇滚歌手。

谈及自己的音乐初衷，他跟我讲了自己的趣事：“上高中的时候，我们同学都跟着我一块儿打Beat Box（一种人声表演），久了以后我感觉没意思，自己跑去学了架子鼓。结果你猜怎么着，他们为了吸引女孩子，反而跑去跳街舞了，那玩意儿省钱，就是费裤子。”

石头说，玩音乐对于很多男孩子来讲，其实就是吸引女孩子的一种方式，跳街舞也是。但是后者摆着一个音响就可以玩大半天，可看性强，前者呢，要花掉大把大把的时间去学习、去练习，费时间，费钱，成效还慢。许多人在这个过程中就散了，放下吉他，回到更加工整的生活里去，而留下来的那些人，往往就留下了热爱与专注。平时和我们来往时，他少有感性地表达对音乐的热爱，说着笑话逗乐大家是他的常态。但去到了舞台上，拿着麦克风的时候，才能感受到他投入音乐的内心，如顽石般坚硬。

石头的生活并不算轻松，晚上时常要在九号仓的日常演出现场工作到凌晨一点，才能蹬着脚踏车回到公寓，白天则要在公司的办公室参与策划、跟进其他项目的进度。现居的公寓算不上宽敞，两人两猫，每周固定的时间还需要充当乐队的排练室。ABSOFF 在过去一年中斩获了许许多多比赛的奖项，有着优秀的作品，有着忠实的听众，像许许多多的独立音乐人一样，石头他们在用自己的全心全力，实践着自己的梦想。

忠实的倾听人

严格来讲，李梦杰——被大家称作 Monica 的大三女生才是办公室里面最年轻的人，但她还不是正式的员工，仍然在离九号仓一个多小时车程的遵义医学院上学，爱好摄影，爱好独立音乐。每周的上课日，如果碰上了晚上的专场演出，而第二天早上又没有课程，梦杰就会飞奔过来音乐工厂担任摄影工作。

和我一样，和其他的年轻人们一样，她也是被“九号仓”这个团体的理念吸引过来的人。如果用她的话来讲，“九号仓音乐工厂”是个有梦想，有人情的地方。

“虽然在这边工作总是会面临着许多难题，工作量大、费精力，工作时间不规律，报酬相对的也并不是特别丰厚。”在她的拍摄工作结束后，我们在一旁聊着，她说：“但是大家做起事情还是充满干劲，能够自发出许许多多的力量。”虽然她并不像石头，是才华横溢的主唱或者乐手，但音乐，仍然是联系着每个人的一条纽带，梦杰与九号仓的结缘，也是出于对独立音乐的喜爱。

"很多时候我们都没有机会去做自己想做的事情，过自己想要的生活，"梦杰跟我这样讲，"当然也不是说让你就要丢掉一切去追什么梦想，那样不现实。只是现在这样，我能做自己想做的事情，让自己过得满意，虽然会辛苦一些，但是也值得。"

她说，过了这一年，念完大三，或许就有更多的时间在店里帮忙，这里给了她充实的归属感，给了她许多的机会让自己过得满意，她非常愿意在这里，与其他人一起前进，也相信九号仓能够前进得更远。

"其实音乐不止是有演出的人，有舞台的助理，有总控台的调音师，也有我们这些拍照纪录的。"而现在，这个城市里许许多多像梦杰这样的聆听人，开始被九号仓的理念打动，围绕在它的周围。

最可靠的支柱

九号仓的音乐总监东平，是九号仓每次音乐演出必不可少的音响监督，是店里日常演出时偶尔出场的摇滚老炮，是团队里最强大的支柱之一。

东平在珠三角的地下音乐世界战斗，算是十年有余了，摇滚乐手经典的长发与直筒的牛仔裤，加上九号仓字样的 T 恤衫是他的日常造型，如果是晚上需要演出的时候，还会画上烟熏妆。

他有着一手过人的吉他技艺，但和乐手们共演的时候，他则是那个力量十足的歌手。崔健、窦唯、汪峰、许巍，这些中国摇滚乐的先驱者在他的青春、在他的歌声里留下十足的印记。尽管他的歌声已经不在最摇滚的那段年纪，但每一次的演出，都可以感受到他内心的澎湃，英雄尚在。

当然，看似严肃、外貌彪悍的他，私下是相当平易近人的，对于我们这些年轻人相当的照顾。他几次说过，羡慕我们出生在这个时代。他同我们一样年纪的时候，对于音乐梦想的这份执着，并不被所有人接受。酒吧的老板会趾高气扬地干涉他们的表演，看客们并不理解他们在台上演出的意义，乃至年轻时候家里人的极力反对。

“如果我们和你们是同龄人，肯定能做出更多的作为。”“所以现在我们来做这些事情，我、梁楚，还有以前打拼过来这些朋友让我们碰过的弯路，年轻人们可以少碰一些。”

尽管他常抱怨“年纪大了，太费力气的歌唱不上去了”“晚上太晚休息，第二天身体疲倦到不行”，但每次团队需要他的时候，他总是战斗在最前线，带领着身后的年轻人们前进。每次谈及音乐，谈及乐器时，似乎能看到他内心跳动着的热情，感受到他十余年来的热衷与执着。

他常说：“像你们这样年轻多好啊，有大把时间去学，去实践。你们要记住自己现在这份热情，然后坚持下去，比我们走得更远。”

最强大的“战士”

一路追梦，一路战斗过来的人还有梁楚——九号仓的艺术总监。他很喜欢穿着《龙珠》主角孙悟空一样的服装，但他的样子却比较像悟空的师傅，龟仙人，身子不高，壮实，下巴留着一圈胡渣。但是他的眼神永远是果断锐利的。

梁楚和东平两人，是从年轻时一起磨砺过来的朋友，在舞台上，平哥用歌声主导着乐队前进，楚哥则是鼓手，在最后方给着面前的众人强有力的支撑。而在外，梁楚是九号仓的船长，指挥着这支年轻的团队前进的方向，东平是操作这艘船的舵手。

梁楚的性格就像是他击出的鼓声，张扬有力，比起同样年纪的东平，他有着更多30岁人没有的活力，甚至有时候活跃得像初中的男生，喜欢看日本漫画，向往台湾作家九把刀描述里的热血青春，坚信“人生就是不停的战斗”这样的格言。

“我的父母曾说，为什么我不能安稳地找个普普通通的工作，结婚，然后每天过着健康的生活，偶尔和你平哥他们排练玩玩，就这样过日子呢？”工作结束的深夜，我们在他的办公室兼卧室跟他畅聊，忙起来的时候，他经常一周都在自己的办公室过夜。

“如果是过这样的生活，我会觉得没有意思。我觉得现在我还有这么多的事情可以做，并且做这些事情是我非常想要实现的，那么就算再辛苦一点，我自己再辛苦一点，完成他们，对我来说也是值得的。而在这个过程中，我又会找到新的目标、新的挑战，我觉得只有在这样不断地循环中，我才能够感觉到自己是用力地活着。”

这是梁楚的信念，也是九号仓之所以能够吸引到许许多多年轻人聚集的理念。

梁楚说，九号仓这个公司品牌虽然只有一年多，但“九号仓”这个地方，这个理念已经在珠海生根了许久。最初的九号仓，是珠海的一间废弃的厂房，是名副其实的“第九号仓库”，而后被珠海的年轻艺术家们利用起来，作为他们艺术创作、生活的一个据点慢慢壮大起来，那时候的梁楚他们还在外面的地下音乐界征战。

后来，原先的九号仓慢慢衰落下去，聚集的人们渐渐散了，闪着艺术色彩的这个名字逐渐要消失在人们的生活中时，为了这座城市的人文世界，也为了延续他们的音乐梦想，他和现在的管理者们接下这块牌子，决心把他重新树立在这座城市。

“应该说，我们年轻时在外跑来跑去，积累了很多经验。但那时候我们的局限在于，我们的起点比较低，很多事情要实现是存在很多现实问题的。所以那时候，有了这个机会，我希望能在这里，延续我们的梦想。我们要让更多的年轻人有更好的平台起飞，让他们能够替我们走得更远。”

于是，他们慢慢地努力，做出了现在的九号仓音乐工厂，承接了大大小小无数独立音乐人的演出，举办了多次聚集珠海原创音乐的活动，团队的规模也越发壮大成熟。而音乐工厂的主体九号仓文传公司，会参与影像、广告的工作，也会与珠海的高校进行合作，在金嘉创意谷这个地方慢慢地成长起来。

与此同时，梁楚的生活也慢慢地发生了改变，他不再是一个单纯的架子鼓乐手，他会时常购入各种新奇的、优质的鼓乐器，但为了策划活动，为了与大大小小的经纪人、官员等等接洽，他牺牲了很多享受乐器的时间。他也承认自己的练习量现在大不如前，技术难以突破，但与此同时，他也感觉自己收获了许多新鲜的事情，使他整个人得以成长。

梁楚认为，广东的文化市场还有许多空间等待开发，而他想做的，就是让九号仓成为珠海文化人的一个聚集地，让更多有着共同执着、共同热情的人能够聚集在这片土地上，不仅仅是独立音乐，他想让这种文化的力量能够慢慢散布，影响到这座城市，乃至这一片地区更多的人。

梁楚带动着整个团队的风格。大家都彼此相似，带着孩童一样天真的执着，坚持着这些辛苦的工作。虽然疲倦，虽然也有过许多的困难，但九号仓这个团队，还是在坚实地前进着，吸引着许许多多像他们一样，脚踏现实，不放弃梦想的人们。

（文 / 徐崑）

垃圾变包袋，“再设计”师的创业路

在深圳，每个月第一个周末，总有一群人聚集在华侨城创意园。有的人，在摊位上售卖着文化创意产品。有的人，在这里“寻宝”，寻找着合心意的东西。他们因为华侨城T街创意市集而聚集在这里，而在众多摊档中，你可能会看到一家卖“垃圾”的——摊位上摆着一个个由回收编织袋制作而成的包包。这个摊位属于一个“再设计”品牌——拾用。而摊主叫林嘉。

“没有燃烧生命的感觉”

林嘉是一名着装硬朗、为人开朗的女生。她设计的包袋也呈现着她的个性——线条感强，风格硬朗，充满着街头的气息。也许正因为她这样的个性，她选择离开公司，独自创业。刚毕业时，她也曾在服装公司上班，但工作内容与她想象中的完全不一样，“不能体现自己的价值”。面对这样的工作，她觉得“没有燃烧生命的感觉”。而目前她所做的，才是她所喜爱、感兴趣、所追求的。“既能养活自己，又能做自己的事情，就是最完美的生活。”她兴致勃勃地说道，“这也许也是大多数人也想达成的梦想吧。”

创立“再设计”品牌的想法，其实是在一次旅行中产生的。在泰国，她发现当地人利用本土的编织袋（以米袋为主）进行“再设计”。回国后一直在想能不能做一些不一样的东西，就一直寻找材料，不断地尝试。

对于她创立“再设计”品牌，林嘉的妈妈最开始是不支持的。在创业初期，她把回收物料带回家进行尝试。妈妈最常说的一句话就是“不要带垃圾回家！”这让林嘉哭笑不得。当林嘉把这些物料做成包袋，展示给妈妈看，妈妈也不能理解并说道：“这也能赚钱？”但随着品牌慢慢起步，女儿也有较稳定的收入。妈妈也就睁一只眼闭一只眼了。

从“伙锅”到“拾用”

“拾用”是林嘉品牌的名字，但最开始的名字其实是“伙锅”。提及修改名字的问题，林嘉就忍俊不禁：“伙锅！这是我们乱取的！”在叫“伙锅”的时候，其实算是一个“试验”的阶段，部分产品还需要完善。当时的产品还没有“做防水”的步骤，有客人反映使用久了产品表层的牛皮纸袋会裂开，露出里面的编织袋。对此她十分感谢当时购买“试验品”的顾客，正是由于他们的反馈才使得她的产品进一步地改善。

从“伙锅”改名为“拾用”，也代表了她要“来真格”了。起初，林嘉也只是抱着玩玩的心态，但是随着越来越多人会看到她所做的东西之后，决定要认真起来，不能儿戏。“拾用”很贴切地说明了她所做的——“拾起来用”，把我们生活中所认为不能再用，需要丢弃的物料，重新拿起来用，就这样“拾用”就诞生了。

设计在于细节

产品总能反映设计师本人的特质，“拾用”也不例外。林嘉“不羁放纵爱自由”的性格，也体现在产品之中。“拾用”整体风格比较硬朗，线条感很强，方方正正的，而且超越了性别的界线，风格倾向中性，男女都适合。

看到“拾用”的产品，有人会想到瑞士的品牌Freitag。Freitag同样是“再设计”的品牌，成立时间超过二十年。他们使用覆盖卡车的帆布为原材料，瑞士作为全球集装箱最集中的地方，获取这样的原材料十分便利。这样便利的条件使得当地的帆布款式多样，具有设计感。

但在中国并没有这样的资源，在中国覆盖卡车的帆布都是单色的。虽然“拾用”同样也是“再设计”的品牌，但也有着自己的模式，并非生搬硬套，而是因地制宜，采用中国“本土”的回收物料制作。

在设计上，“拾用”的设计主要在款式和辅料搭配上下功夫。譬如双肩包的背带，其实是采用回收的汽车安全带制作而成。而在包袋的边角或底部，则采用单车内胎包边，在为包袋点缀之余，耐磨损的单车内胎也提高了包袋的耐用性。虽然这些细节看起来微不足道，但却需耗费大量的时间去寻找和尝试。

“废料”从哪来？

“拾用”所使用的原料都是从深圳本地回收的。包袋的主要材料是编织袋。最初，她通过一些零散的废品回收商收集编织袋。但这些并不是专业的回收机构，所以回收的编织袋损坏程度较高，而且批次、数量也不大。直到有次她在市场看到一个合心意的编织袋，顺藤摸瓜地找到一家专门回收编织袋装载建筑垃圾的回收商。原材料的问题便迎刃而解了。

“拾用”的产品很多都采用国外商品的编织袋，但这些编织袋同样也是在深圳回收的。深圳作为一个港口城市，加工处理了世界各地运载而来的产品。虽然我们生活中未能看到这些物料，但这些物料其实就在我们的城市里。很有可能就在建筑工地装着垃圾，只是大家没有看到而已。

因为国内很多品牌的米袋都有一些吉祥的图案，他们还曾使用过米袋制作过包袋。之前有采用过一款印有财神爷的米袋，制作出来的包袋也挺有特色的。但这类型产品的评价不一，并不是很对大家的胃口。而且国内的米袋能采用的部分不多，可能一个很大的袋子，只能利用很小的部分，十分浪费。所以现在也没有生产这种包袋了。虽说收集材料的时会参考市场的需求，但更多的是满足自身的想法。“因为只有自己有想法，才会找到这一批（材料）的可能。也不能完全附和市场，完全附和也不可能走到现在。”林嘉说道。

包袋的主要材料是编织袋，辅料采用单车内胎、汽车安全带之类的材料。以单车内胎为例，由于有一些气味，不能大面积地使用，主要是包边角用，因此使用的数量较少，一般从附近的单车修理店回收。

其实“垃圾”的成本很高

在摆摊时，有一些不理解的人评论“不就是一些垃圾嘛”。林嘉表示：“其实‘垃圾’的成本很高。”虽然回收物料的成本很低，但处理的成本十分高。制作这种包袋主要有 4 个步骤，分别是回收物料、清洗消毒、制作防水层、裁剪缝纫。当中最让林嘉头疼的是制作防水层和缝纫的环节。

制作防水层是最重要的步骤，如果没有这层防水层的话，产品的耐用性会很低。以牛皮纸的面料为例，如果没有防水层，一旦碰到水，稍微摩擦一下就会搓出“泥”。当初为了解决防水的问题，林嘉也尝试了很多种方法。甚至在最开始的时候，她还会人工在面料上涂胶，但这种方法并不可行。因为胶被太阳直射后，会十分粘手，摸起来十分难受。

寻找解决方法半年左右，她找到一家可以制作防水层的过胶厂，解决了面料不防水的问题，同时提高了产品的耐用性。但厂家一般不太能接受编织袋的物料进行过胶，因为能处理这种面料的机器不多。而这家厂家也只有一台机器可以处理这种物料。相对传统的面料（如：帆布、棉布等），这种面料过胶耗时较长，因此处理成本也较高。

缝纫是最后的工序。缝纫时，边角需要叠得非常准确，必须保证一次性做好，不能出错。一旦出错，前面所做工序的都白费了，因为这块面料已经不能再次使用了。即使把缝错的面料拆线，也不能使用，因为经过缝纫的面料的针孔会十分明显。这对制作者的要求很高，所以需要寻找一些工龄较高、技巧熟练的阿姨。而面料本身就比较硬，再加上需要叠很多层，对缝纫的技巧的要求很高。这跟普通的布料不一样，如果技巧不纯熟很容易跳针或断针。

“T街”——永远的驻点

问及创业至今遇到的挫折时，林嘉捧腹大笑地说：“哈哈哈。我很没心没肺，不知道耶！但一定要说的话，最大的困难应该是最初处理面料防水层的问题吧。目前的困难，就是不太懂怎样去宣传。”关于宣传的问题，她认为是创业的必经之路。她跟我们表示介绍，在深圳有一个很好的平台让本土设计师推广品牌——华侨城T街创意市集，这也是林嘉和阿祖的创业起点。

虽然“拾用”的销售和宣传渠道已大大扩宽，不仅在线上有推广、销售，同时也设有网销推广的线下合作销售点，并且也参加了大大小小的展览，譬如深圳世纪周、深圳工业设计展、上海设计周、深圳设计周等，但在他们梦开始的地方——华侨城T街创意市集，仍能看到他们的身影。

（文 / 卢绍聪）

稻城支教，燃起神秘净土的希望之火

四川省甘孜州南部的稻城县，距成都约740公里，县城海拔约3800米。在这里，一切人类活动都显得比平原地区更费力。1928年，美国《国家地理杂志》上一句“蓝色星球上的最后一片净土”让这里为世人所知。如今，一批批支教教师正书写着这片土地上新的希望篇章。

雪山脚下的成都教师

4月中旬，成都已是暖阳频现。而一场大雪在稻城县悄然而至，天地茫茫。在雪域神峰的怀抱中，在一片美丽神秘的“净土”之上，稻城县城区小学（下文简称“稻城小学”）倚势而建。

清晨6时30分，街道上行人还不多，最低楼层的一排房子窄窄的窗户里已经透出了灯光。106号男教师寝室的门刚一开，夹着雪花的寒风就一股脑儿地钻了进去。

冬季的风吹得皮肤生疼。屋里的陈富贵本想刷牙，但凉水在昨晚被冻成了冰疙瘩，只得作罢。走出门来，陈富贵不得不低下头，缩紧脖子，下意识地用手扯住黑色羽绒服的衣领，这让身高不过1米65的他显得更加瘦小。

吃过馒头和稀饭，陈富贵径直朝教学楼走去。零下七八度的低温，冰霜早就将水泥路裹得坚滑湿，每一次下脚都必须十分小心。

早上7点，早自习的课铃刚响过，陈富贵就出现在教室里。三年级一班的40多个孩子是他的学生。“格拉！格拉！（藏语：老师好）”娃娃们走过他身边，都轻声地问候。当街道上路灯熄了，行人来来往往，教室里的琅琅读书声已被大风带出好远了。

两年前的夏天，在成都市大邑县，当得知县里要选派6名教师到稻城县进行为期一年的支教时，已经46岁的陈富贵毫不犹豫地为自己报了名。他的妻子武云兰是四川师范大学的一名教授，对于丈夫的决定，她是心有“抱怨”的。

“儿子马上高二了，是最需要父母陪伴和教育的时候，而且儿子最听他话了，他却突然走这么远。”武云兰对作者说。但这没能停住陈富贵的步伐，他表示：“我觉得这可能是我前半生最‘离经叛道’的决定了，我对我的老婆、孩子，还有母亲，真的非常内疚。我当然也不愿意离他们太远，但我总觉得应该到更需要我的地方去。这是个机会，我不想错过。”

从头再来——化学教师教汉语

三年级一班的许多孩子都还不知道，与自己朝夕相处的陈老师其实是化学教师出身。而在稻城小学，陈富贵是一名语文老师。“没办法，这里的孩子不用学化学，基础跟城里的孩子没法儿比。教汉字是最基础、最重要的。这肯定是我适应学生，没有说学生适应我的。”幸好他大学时担任过四川师范大学诗社社长，文学功底不错，因而能够在教学语文时得心应手。

当陈富贵第一次走进课堂时，40 多名穿着民族服装的藏族孩子红扑扑的脸上瞪着大大的眼睛，满是惊奇和羞涩。“大家好，我是……”陈富贵开始例行的自我介绍，却发现孩子们的眼睛愈加迷茫。

这些孩子大多还听不懂汉语。由于地处自然条件极其偏远的地区，交通也不发达，多年来稻城小学严重缺乏教师资源。上一年整个学校仅 4 位语文教师，许多班级的汉语教学基本处于瘫痪状态。

虽然基础薄弱，但学生们对于陈富贵的语文课非常用心。“这里的孩子对知识实在是太渴望了。”学生们听不懂自己说的话，陈富贵就用手比划，教会了他们拼音。而汉字词语成了又一个障碍。课堂上，陈富贵不停地说话制造“语境”，想尽一切办法用孩子们熟悉的事物组词造句，“草原”“雪山”“牦牛”“帐篷”“酥油”……接着是反复诵读以便记忆。一节课下来，陈富贵可以喝完一大杯水。

两年的时间里，这些学生足足学完了 4 本教材，陈富贵每周的课时也达到了 12 节。令他欣慰的是，班里的孩子现在也能背诵唐诗了。他还感叹，“人的潜力是很大的，在城市里我其实很懒惰，连饭都不会做。到了这里我发现自己还是可以做很多事情。”

上课之余，陈富贵会到教学楼前的空地看孩子们玩耍。女生围成一个圈在跳舞，男生在四处奔跑打闹。陈富贵偶尔参与其中，提醒孩子们注意安全，但更多的时候只是站在一旁看着他们。逢周末或者是小长假，陈富贵也会去离县城不远的地方转转。呼吸清新洁净的空气，看看湛蓝的天空，远眺巍巍的雪山。

稻城小学地处高势，从办公室的窗口望去，可以看到不远处巍峨的稻城神峰。不少教室的窗户关不严密，寒风一个劲儿地朝教室里挤，尽管身上穿着厚厚的衣服，在最冷的清晨和傍晚，还是有孩子冻得瑟瑟发抖。

尽管环境如此恶劣，陈富贵却觉得与天真无邪的孩子们待在一起很快乐，“人的需要其实很简单，需要多了牵绊就多了，徒生烦恼……课程有点忙，也是我现在生活的重心，加上与孩子们的相处和在稻城简单的生活，我很快乐，这样的快乐不是钱能够带来的。”

这里的孩子们身上没有一分钱的零花钱，也没有零食，他们穿着传统的藏族服饰，彼此之间不会吵架更不会打架，年长的孩子很自然地照顾着比自己小的同学，同学之间的关系更像兄弟姐妹。陈富贵很是感慨：“他们有着太多的优秀品质，尽管条件这么艰苦，但他们真的拥有一笔很宝贵的财富——纯净。”

“那个女孩希望我还来”

7月3日是期末考试的最后一天，恰巧是周一。早上7时30分，例行的升旗仪式依然风雨无阻地在教学楼前举行。

600名孩子以班级为单位整齐排列在旗台前，五年级的2名同学手捧国旗走上升旗台，孩子们齐声唱起国歌，少先队员行队礼，其余的孩子行注目礼。被洗得泛白的国旗，在所有人的凝视下缓缓升上旗杆顶，迎风招展。

12时，考试结束。吃过午饭，孩子和教师们开始各忙各的。孩子们把教室和寝室里里外外打扫得干干净净。陈富贵和其他教师则集中在办公室里，开始交叉阅卷。又一个学期的教学临近尾声，更因为通过试卷反映出孩子们掌握了新知识，办公室里洋溢着一股轻松愉悦的气氛。

有孩子在用“朋友”和“像”造句时，很干脆地答“我的好朋友像马一样”“他像神仙一样”。可爱的答卷让教师们笑出了声。这些孩子两年前还一个汉字都不认得，平均分不过10来分。两年下来，孩子们汉语考试平均分已经涨到60多分，拔尖的单科能考到90多分。

这学期的最后一堂课，陈富贵站在讲台上，快速说着学期总结。孩子们在下面压抑着放假的雀跃，努力做出认真听讲的样子。在他宣布放假后，孩子们欢呼着庆祝。刚走出教室，陈富贵就被班里一名女生叫住，跑到面前抬头问他：“老师，你明年还来教我们好不好？”女生名字叫次仁曲珍，是班里汉语成绩很好的孩子。

热闹校园渐渐安静下来，静得只能听见鸟叫声。陈富贵也开始收拾行李，准备回成都，陪着家人，这是他心中一直歉疚的事情。

“明年，学校还会招收新生，体育场工程也将动工，未来会越来越好，更多的孩子可以上学了……我明年还要来这儿。”说这话时，陈富贵就像身后巍峨的稻城神峰，高大坚定，不可动摇。

从成都到稻城县，陈富贵不知多少次被人问起：为什么放弃成都的一切到雪山来？

“是这里的纯净吸引了我。天永远这么蓝，孩子是那么的尊敬老师，对知识的渴望是那么的强烈。我爱上了这个地方，爱上了这里的孩子。”陈富贵深情地答道。

（文中人名均为化名）

（文／陈影）

Chapter Ⅲ

心里的锁

“我是不‘普通’的普通人”

初次见到潘龙飞时，他着一件天蓝色的上衣，和身旁的“马后炮”主持人马志海洽谈着，笑的格外明亮。秀气的五官、小小的身板、利落的短发让我不敢确定他的性别。

那件蓝得引人注目的衣服上写着引人注目的：我是老 K。

老 K，是罕见病“卡尔曼氏综合征”患者的昵称。而卡尔曼氏综合征，伴有嗅觉缺失的性腺功能减退症。发病率约为 1/10000，男女之比约为 5/1。目前该疾病只有通过长期用药替代治疗，以维持第二性征与身体内激素稳态。

以上教科书式的玄乎描述不免让人觉得有些遥远，而龙飞作为“万分之一”中的一个，却真实地坐在我眼前，笑着介绍着老 K，仿佛诉说着发生在别人身上的故事。

因为有了他，卡尔曼氏综合征更多地走进了大众的视野，更多的“万分之一”因为他的努力开始学会和苦难和平共处、接纳自己并开始新的生活。

“原来我不是外星人”

从小，龙飞都像个女孩。医生说他只是发育迟缓，同学们都笑他是“娘娘腔”，他自己觉得自己是个外星人。

他从小体弱多病，面黄肌瘦，走几步就觉得累，与体育课无缘。癫痫发作时口吐白沫，吓坏了学校里的老师和同学。光读完小学就花了十年，其中转学 4 次，同学家长要求不让自己孩子和龙飞同桌，觉得他的病会传染。教室里，前后都是两两一起坐，到了龙飞这，就变成了单座。

初中时，同班男同学长了喉结、冒了胡须，开始变声，而他的身体什么变化也没有。最困扰他的莫过于声音，他到菜市场买菜，阿姨称呼他靓女，到理发店，老板问“你要剃男仔头啊”，打去移动电话客服，对方问“小姐有什么可以帮到你”……

生理的问题还好解释，但龙飞还喜欢洋娃娃、跳绳，和女孩子走得近。渐渐地，不仅身边人拿异样眼光看他，他自己也变得不爱出门，不与人交流，他开始把自己关闭起来。“为什么我没有第二性征？是不是得了特殊的病？是不是很快就会死？”

经历过九死一生的心脏病手术，被误诊过是白血病以为自己时日无多、被拉过去男科医院差点要做增大手术、从中医到西医、从“赤脚医生”到“神婆”……就这么生活了二十几年，直到 23 岁，父母带仍然没有长个的龙飞去看骨科。骨科检查显示没有异常，医生建议转去内分泌科检查。

“你有没有嗅觉？”医生一个问题，龙飞震惊了。他才发现自己从来都没有嗅觉，看到同学捂鼻子的动作，知道那就是臭。进一步检查后，确诊为卡尔曼氏综合征。

龙飞大笑着回忆起自己确诊后的兴奋，“原来我不是怪人！”医生告诉他，只需隔三天打三针“绒促性素”，就可维持体征与身体稳态。一瓶绒促性素7元钱左右，不算贵。每隔三天，龙飞到家附近的诊所打针，开始护士还冲他神秘微笑，以为他来保胎。慢慢龙飞感受到身体一点点的奇妙变化，开始长喉结，声音变得有磁性，一天天在长高。半年后，护士眼中的“孕妇”蜕变成身高1米7的阳光男孩，把她吓了一跳。

龙飞开始天天往外跑，到处跟人说话，卖菜阿姨不再叫他靓女，理发大叔改口喊他靓仔。

他的人生翻篇了。

或许是老天爷突然想起这么个不被命运眷顾的男孩，龙飞之后的人生开始有了光亮。这之后的2013年夏天，他遇到了阿七。阿七是南方都市报的摄影记者，也是龙飞参与的一个罕见病家庭纪实摄影展项目的摄影师。她抽签抽到负责摄影展中龙飞的部分，并从此走进他的生活。龙飞打破了老K们没有伴侣的魔咒。他们就像世上其他普通情侣一样，纯粹地相爱着。“每一天都觉得，有她在，真好。”

成立“老K之家”

2012年2月，龙飞和其他病友一起成立了“老K之家”，一个卡曼症病友公益互助组织，这个组织大多时候通过线上交流，但几年里就聚合了来自全国各地的2100名病友。他确诊之后逐渐了解这种疾病，常参加一些关于罕见病的公益活动，在公益圈里混久了，了解到许多罕见病都有自己的组织帮助病友，病友在组织的帮助下对待疾病逐渐积极乐观。较之，卡曼症的病友都非常消极、不接纳自己。于是龙飞希望能更专业地帮助和他一样的人，和几个病友一起成立了老K之家。如今老K之家主要在做三方面工作：认性学院、病友大会、权益倡导。

他们成立了“认性学院”——请性教育老师或公益人士做性教育工作和社会性别方面的教育，帮助病友从心理上认识自我、接纳自己。因为老K从小缺乏第二性征，不符合父权社会给我们的关于性别的刻板印象，中国又相对缺乏性教育，而老K通过治疗后虽能像普通人一样，但仍很难达到虎背熊腰或者凹凸有致。龙飞发现，多数病友不是想要性才去治疗，而是治疗后才开始接触性并认识更多与性相关的问题。接受治疗、发育、有性欲、接纳身体并正视性、科普性教育是病友们逐步经历的状态。“我们通过认性学院告诉病友除了男女二元次的性别还有更多的社会性别，希望大家可以通过自身意识改变我们传统意义上对男性女性的认知，从而更接纳自己身体的情况。”

他们还定期召开“病友大会”——开展医患方面的教育工作。

包括对各地医生科普卡曼症，回应患者关于疾病的咨询、给予病友心理支持，提供疾病最新医学资料，帮助他们科学管理身体，还定期组织病友参加社区交友、疾病教育、专家义诊和户外健身等公益活动。此外，他们会鼓励病友加入一些赋能赋权的培训，让病友们成为一个个有意识和能力掌控自己生活的独立自主的人，成为有意识和能力参与和推动社会改变的力量。“我们希望他们意识到：生命和世界的形态是多元的，残障和罕见病是社会固有的部分，他们不是麻烦，他们是解决麻烦的重要力量，他们是有权利和能力决定自己生活的。”

此外，他们为罕见病群体的权益而倡导，并与各罕见病兄弟组织保持密切联系，为中国罕见病事业发展贡献微薄之力。例如他们的药物因为过于便宜经常会停产出现药荒，2014 年，他们向政府部门呈交持续生产 HCG 的建议信，以引起相关部门的重视，最终解决了药物危机。他们还会向医院相关科室派发卡尔曼宣传折页，向社会普及罕见病，联动多个城市、不同机构的力量，开展罕见病倡导活动，一起向大众传播正确的卡尔曼氏疾病知识，一起为罕见病患者的权益做出自己的贡献。

他们历经了两次徒步，分别在 2015 年、2016 年从内蒙古乌兰察布、多伦到北京。有 45 人一起参与了徒步中国，总里程数 1700 公里，沿途拜访医院 24 所，参与者包含了罕见病患者、乙肝病毒携带者、在校大学生、残障人士、志愿者和媒体人士等。这三年里他们一路一起见证了卡曼症药物继续生产、卡曼症病友争取药物纳入医保，参与了全民参与冰桶挑战、罕见病人上学权益的争取、病痛挑战基金会成立、互联网医疗广告打假公益联盟行动等活动，一路坚守，一路行动，从最初很难引起社会关注，到如今可以利用众筹、利用网络直播徒步来让大众、媒体知晓他们的行为，他们觉得一切都正在变好。2017年，他们还为5月份在大理洱海的徒步行动进行众筹。

“我们做的一切最主要的目的就是引起媒体的关注，媒体报道后形成一个社会事件，才会有更多人关注。”

徒步过程中当然也有很多让龙飞印象深刻的故事。漫漫的徒步过程中，他们会与很多陌生人不断地交流。在河北唐山时他们认识一个卖西瓜的大叔，大叔热情地送瓜给他们吃并互相加了微信。后来这个西瓜大叔每天在微信上给他们发红包，默默支持他们的公益活动。2015年他们即将进行第二次徒步的时候，龙飞接到了西瓜大叔的电话。大叔说受龙飞他们徒步行动的影响，他和朋友成立了一个公益组织，帮助当地唐山大地震遗留的老弱病残。“我觉得很奇妙又很感动，我们帮助一个徒步时遇到的陌生人走上了公益道路。”

“不需要特殊标记”

“罕见病绝不仅仅只是一个医学上的问题，来自社会的忽视、偏见与拒绝接纳，环境设施的不友好，乃至来自家庭的过度保护，各方面的挑战，每天都在真实发生着。”

对于龙飞来说，自卑与孤独，环绕了他整个童年、青春期和大学初期。对性的讳莫如深，使得多数患者独自消受，因形象不符合中国传统性别认知，受到了诸多社会的歧视和偏见，使不少卡曼症患者同时患有抑郁症。无论是家庭、工作、社交，对于他们都如高不可攀的山。能否正视、接纳自己的身体是卡曼症患者必须面对的问题。而龙飞就是在接触了公益圈之后，在这个接纳、包容、自由的环境下开始转变自己的心态，喜欢上自己的身体，甚至觉得“卡曼症其实挺好的”。

他最初的梦想是成为一名医生，因为觉得当了医生就可以看好自己的病，不用再看其他医生。可他在广州医科大学临床医学专业读了大一后就辍学了，“集体住宿生活让我越来越自卑，我自己都没有从疾病里走出来，我怀疑自己以后能不能给别人看好病，觉得自己这辈子都做不好医生了。”但对如今的龙飞而言，观念却大不相同了，“我现在所做的事情也能够像医生一样帮助我们的病友去对抗病魔，甚至在某些方面可以说比医生做得更好。对于罕见病而言，最根本的病因还是来自社会和自己的心理，而我觉得医生只针对疾病帮助你的身体，只能治标，我更倾向于治本，所以我觉得我现在做的事和医生的价值观是一致的。”

除了老 K 之家，他还在广州的好几个公益机构工作过，包括关于乙肝的权益倡导组织、特殊儿童俱乐部等。从一开始做一些服务性质的工作，到后来慢慢发现这些服务性的工作不是造成病友痛苦背后的根源，根源更可能是来自社会、政府和政策的，因而如今就会着重做倡导方面的工作如政策倡导、社会倡导。

令龙飞欣慰的是，公众对罕见病的关注越来越多了，2013 年以前，罕见病几乎没怎么出现在公众视野，2014年的冰桶挑战引起媒体、社会高度关注罕见病群体，彼时对罕见病的关注就像一股狂热的风席卷了各个行业，除了体育圈、影视圈之外，同时也唤起了许多医疗机构、医生对这个领域的重视。

今天的公益人赶上互联网蓬勃发展的时代，在龙飞看来，一方面，如今新媒体的盛行使公益事业有了更多发展形式，使全民关注并参与进来，且网上众筹等方式也能推进公益的发展；而另一方面，互联网也给公益事业带来了不少挑战，从前的公益倡导者可能只需具备制造话题的能力，而如今他们还需具备新的传播能力。

“做公益”在如今似乎形成了一种社会风气，也有许多大学生投身于其中。而龙飞却直言：“只靠情怀、靠一腔热血做公益肯定是不靠谱的，也是不长久的。公益人看上去是大爱的，无私的，其实恰恰相反，公益人是最‘自私’的，否则坚持不下去。”他认为罕见病、艾滋病、乙肝患者，他们都因自己本身属于这一群体，所以才会去关注并发声，渴望得到公众的理解。而普通人无法感同身受，热情也就不够。“公益人的‘私心’可能是满足于自身某方面需求，或许关于权益，如用药、医疗、健康的权利；或许关于情感，如安全感、价值观，像‘午餐盒子’发起人邓飞这样的人，他们自己本身不仅不贫困还很成功，可能是想追求更高的社会价值、实现自己的社会抱负。”

罕见病，准确来说是由基因缺陷引发的极低概率疾病，全世界已知的罕见病约有七千多种，每年还有近250个新病种加入这个家族。在中国，有上千万人患有罕见病，且数字每年都在增长。

从2008首届国际罕见病日到现在，无论是公众对罕见病逐年上升的关注度，病患自我认知的变化，还是相关组织的积极发展都令龙飞十分欣慰，“像病患们从最初只求解决当务之急，哪里痛就去治哪里，只关心看病就医的事的这么一个态度，慢慢到如今有意识维护自己的权益，向政府部门倡导将自己的疾病就医纳入医保等等，这样一个态度转变令人欣喜，也反映了罕见疾病如今的良好发展态势。”

“缺陷其实只是身体的一部分，罕见也只是概率问题，希望在未来罕见病患者变得‘普普通通’，不再需要特殊的标签来标记。这不仅需要医学工作者的努力，更需要全社会的参与。”

与苦难和平共处的方式：努力活着和爱

在女友阿七的文章里，用“身上弥漫着淡淡的死亡气息”来形容第一次见到龙飞的感受，又说他“与苦难和平共处”，可是后来她觉得是她把苦难看得太重，甚至把这强加于龙飞成为他生命的主题，而一直忽略了许多苦难之外的事。事实上，龙飞一直很努力地生活，努力在爱着。虽然没有嗅觉，他却自称味觉很好，成了一个热爱美食的吃货、把注射过的药瓶子装了彩色的盐排放在家里当作装饰、在各个领域积极探索，并帮助了无数病患重拾对生活的信心。这万分之一的苦难人生，他活得很美。

他说：“我想我是受到眷顾的人，因为上帝那么忙，还抽空安排了我的生活。社会应该是平等而多元的，每个生命都不可被轻视，也许我们应该为自己的存在让社会更多元而自豪。”

任何一个人，他（她）如果能笑得如同三月春风，一定会击中人心最柔软处。潘龙飞走入我的视线，就是这种逻辑。

（文 / 游晓丹）

我的二胎之路

距离和朋友约定的时间还有30分钟，小儿子还在饭桌上玩着他最喜欢的毛线小狗，麦芬急急忙忙地给儿子泡好一大瓶奶，这是她带儿子出门前的习惯。她没有化妆，生了小儿子之后，她的身材比以前更臃肿了些，不上班的时候她总是穿着一条肥大的长衬衫。

2016年10月22日，她的小儿子出生了，6斤3两，剖腹产的过程很顺利。麦芬终于完成了她的心愿了。她是二胎政策开放后第一批高龄生二胎的产妇。2015年12月21日上午，十二届全国人大常委会第十八次会议初次审议了《人口与计划生育法修正案（草案）》。草案提出，本修正案自2016年1月1日起施行，全面实施一对夫妇可以生育两个孩子的政策，老百姓称之为全面开放二胎。

搭上政策的快车

2001年，麦芬生下了她的第一个儿子，取名叫博博，希望自己的孩子心胸宽广，学识渊博。“第一个孩子和爸爸一样，胖乎乎的，特别讨喜。几乎生了他我就想着生第二个小孩了。”麦芬在东莞虎门的一家银行的柜台工作，到现在，她已经在这家银行的柜台坐了18年了，算是银行里最老的员工之一。

“如果我当时生了第二个孩子，我可能就没这份工作了。”她抱着小儿子说道。因为政策她一直把生二胎的想法埋在了内心深处。

2015年底，计划生育政策出了新规。“一听到这个消息，那个周末我就去把（节育）环给取了。”这是麦芬做的第一个准备，当时她已经41岁了。她没想那么多，虽然身边有很多人都怀疑她的岁数是不是有点太大了，要休养很久才能怀上孩子。“我很看得开的，也没打算去调理身体，我这个工作太忙了，没得时间去搞自己身体，怀得上就怀，怀不上就算了。”

抱着这样的心态，麦芬收获到了意外的惊喜。2016年1月份，她发现自己怀孕了。

“我完全没想到自己会那么顺利就怀上了，可能是这个孩子和我的缘分吧，毕竟身边真的也有很多想生二胎的妈妈是怀不上的……”她难以掩饰自己内心的那种欢喜，尽管想表达得稳重一点，淡定一点，但她的语气真的异常的欢快，像是在向朋友们炫耀着自己的幸运经历。

孕期的酸甜苦辣

怀上二胎之后，麦芬开始和其他准妈妈一样，猜测自己孩子的性别。她和老公都希望这是一个女宝宝，但不强求。

虽然是高龄怀孕，但因为之前生过一胎的缘故，麦芬在怀孕的时候显得很淡定。“别看我表面看起来一点不紧张，其实是有点担心，毕竟自己那么大年龄怀孩子，我担心孩子的身体会不会有影响。”

有了第一胎的经验，麦芬在怀第二胎的时候不会那么糊涂，不会老是担心自己吃错东西、用错东西对宝宝不好。但她也发现，怀二胎真的比怀第一胎要辛苦很多，她把这个原因归结于年龄。

二胎政策开放以来，很多35岁以上的妈妈都想着再“拼”一个。麦芬身边也有很多妈妈怀二胎，“我老公的同学45岁还怀上了。我们两个经常一起吃饭，一起聊天，不过她一直很不好意思——‘我都那么大年龄了，还生孩子，笑死人了。’我就没那么介意这些了，有什么所谓呢。”

回想起来，麦芬发现和这些高龄怀孕的朋友们的交流的感觉很不一样，“怀第一胎我和其他孕妈交流几乎是什么都说，什么都问，可是像我们这些有了一定年龄还生二胎的孕妈，交流的时候，就比较含蓄了，我们不会什么都交流了。不过我知道她们生二胎都很辛苦，她们在临产的那几个月都和我一样睡不了觉的。这其实都是年龄造成的，越高龄，生孩子、怀孩子就越辛苦。”

人们往往认为高龄产妇在怀孕的时候会分外小心，麦芬则不然。

除了刚开始怀上的两个月里她稍微注意了饮食习惯外，在剩下的八个月里，麦芬的日常饮食和没怀孕的时候几乎没有差别。“我之前怀大儿子的时候，可小心了，生怕出什么问题，后来发现，有很多顾虑是多余的，所以第二胎我就放松多了。”

在临产期到来的前三个月里，麦芬的老公从床上搬到了折叠床上睡，她每天的睡眠时间只有三到四个小时，不是因为失眠，而是每天晚上她都会疼得睡不着觉……

“宝宝到那个时候已经挺大了，他一直压着我的心脏，假如我转向左边睡，他对我心脏的压迫感就会更强，那种压迫感会令我难以呼吸，往右转，大肚子又会压着我的腰和骨头，平躺的话，过没多久我的腰就会被压得更难受……这真的是因为我年龄大了，骨头真的受不住这种压力，我记得在怀大儿子的时候，这种情况快要生的那大半个月才出现的……”麦芬每晚睡觉都要不停地换姿势，一般她刚睡着，就会马上被痛醒，每晚这样折腾，她老公也有点受不了。

刚开始，坐着睡觉能勉强缓解这种苦痛感，但过了一段时间，肚子里的宝宝开始动的厉害，麦芬也怕坐着睡会压着宝宝。到临产前的两个月的时候，情况越来越严重了，麦芬睡觉的时候不仅骨头、心脏会被压着疼，子宫都被压迫得疼痛难忍。“我当时还很担心我的心脏会不会有问题，还找医生检查过，医生说这都是孩子压的，我这个年龄了，承受能力也比以前差了……”

怀第二胎的时候，麦芬是在生产前 10 天才开始不上班的。她是银行里年龄最大的职员之一，很多东西都要她来过目，所以很多工作她也放不开手。怀孕斯间，银行的工作量并没有因为孕妇的原因而减少，除了白天的日常上班，晚上麦芬还要留在银行开会、考试。“早上八点到银行，晚上十点才回家，躺在床上完全睡不着，一般要到凌晨两三点才睡觉，实在是太辛苦了。”麦芬虽然口头嫌弃这份工作，但是她还是很兢兢业业。

平时同事也会比较体恤她，不让她去做重活儿，但是毕竟也是一个上班的人，“你能走能站，班还是要上的，你总不可以依仗着自己的大肚子，就要别人把你当公主啊！”麦芬在这件事上很看得开，平日里她在银行也有很多好朋友，她的同事都说她是一个很会为别人着想的人，所以大家都会想着要照顾怀孕的麦芬，但银行的业务多，同事们也是忙到焦头烂额，麦芬就更不希望再给同事们添麻烦了。

柜台的宽度是半米，银行要求柜台职员在接、递顾客的东西的时候要用双手去接，麦芬本来就身形较大，怀孕之后的肚子常常会顶着柜台，这使麦芬的手根本够不着窗口，更不用说双手接递了。麦芬只能每一次都往后退一点，给肚子留出空间，然后手扶着椅子的把手把自己撑起来去接递。30多岁的时候，她的腿被诊有关节炎，怀了孩子之后，疼痛更甚，每次从柜台的椅子站起来对她来说都是一种挑战。

麦芬的责任心在银行是出了名的，她不是那种轻易放弃的人。怀第一胎的时候，麦芬更是一边阵痛一边做事，当时已经是每半个小时疼一次了，麦芬还是坚持在柜台微笑服务，一直到下了班完成了交班工作，她才打车去的医院，第二天一早，孩子就出生了。“你看看我现在弱多了，当时能撑到生，现在不行了，还要提前请假。”

麦芬打趣地说，她欢快的语气，似乎想掩盖当时疼痛的回忆。

“我们这一代人真的能吃苦”

生产前十天，麦芬才从银行请假回家，当时距离预产期还有二十天。回到了家，麦芬也不闲着，家里种了很多花，养了很多小狗，每天待在家里的麦芬总是忙着浇花喂狗。在这期间麦芬有过两次不规则宫缩，医生说，这都是因为她太累才出现的状况，建议她住院待产。想了一下这要在医院躺十几天，麦芬不愿意了，没听医生的话。

倔强地从医院回来的第二天，不规则的宫缩又出现了，这一次宫缩疼得麦芬忍不住了，到医院的时候医生检查发现情况已经很危急了，照了 B 超，脐带已经在宝宝的颈部绕了两周半了，胎盘也已经达到了退化三级的危险程度，已经无法再供给营养给宝宝了，需要马上进行剖腹产。

生第二胎的宫缩比第一胎要严重得多很多，麦芬在生完第二胎之后的伤口也比第一胎要疼几倍。生完两胎，麦芬才发现，当时第一胎真的恢复得好快，“还没来得及感受那种过程，就恢复完了”，但是第二胎的恢复就异常地缓慢，生完孩子三个月的时候麦芬还是觉得元气没恢复过来。

生完第二胎坐月子的时间，麦芬是在家里度过的，麦芬和外婆（麦芬的妈妈）两个人就把坐月子这桩大事给揽下来了，外婆在家做饭，麦芬自己带孩子。

“可能是我们这一代人真的很能吃苦吧，什么都觉得自己可以

‘搞定’，也不想麻烦别人，也不愿得花太多钱，不像现在的年轻父母，他们很严谨，坐月子都会选择月子中心。”这也是这群大龄产妇的共同点，他们有着“60后”“70后”的不怕苦不怕累的特点。

刚开始喂养小儿子的时候，麦芬就感觉力不从心了，不过让她觉得幸运的是小儿子很乖，“他晚上睡觉前吃过奶就不闹了，可以一觉睡到天亮。”

在坐月子的时候，麦芬表现出了比第一次坐月子高几倍的严谨态度。“以前老一辈说，生第一胎的时候坐月子坐的不好或者当时没补够营养的，可以在生完第二胎坐月子的时候补回来。”虽然不知道在哪听来的传言，但麦芬对这个观点深信不疑。

在这一个月里，麦芬很注重营养和驱寒，每天外婆都会在厨房炖汤，鸡肉猪肉鲫鱼换着炖，老人家的任务就是确保女儿每顿都有汤喝，这是广东人的独特养生方式。除了喝汤，麦芬每天还会喝上一些客家的糯米酒祛风，洗澡的时候，她不会用水龙头的自来水，外婆每天都会给她煮姜水和调配的草药水，喂完孩子吃奶，麦芬还会立马喝暖的糯米酒。虽然听起来怪异，但是麦芬自己也相信这么做有利于帮助自己驱寒。

坐完月子之后，麦芬收获了一份意外的礼物——她的关节炎在坐完月子之后没那么严重了，也没以前那么疼了。

崭新的生活就要开始了

麦芬的大儿子 18 岁，高三，大家都担心这个哥哥会不会对小弟弟有敌意。但事实上，“哥哥比较害羞，也很体谅我，他还是很喜欢小弟弟的。”麦芬对大儿子的表现还是很满意的。

“不过，小弟弟出生之后，哥哥还是很担心的，他害怕别人看到他抱着小宝宝出门会误以为这是他的孩子。”麦芬的大儿子身高一米八，看起来是成年人的样子了。

麦芬的老公对于麦芬这两次怀孕、生产的态度没有太大的差异。不过小儿子出生了之后，他表现出来了一种空前的父爱，“就像有句土话‘幺仔拉心肝’。”老公的确是更加喜欢小儿子，麦芬自己能明显感受到，“不过生完孩子之后的带孩子的分工大部分还是落在我身上。”

小儿子现在已经2岁半，回想起来，麦芬发现小儿子的某些表现和哥哥相比真的相差甚远。大儿子九个月就学会走路了，而小儿子到了1岁才学会走路。大儿子在学会走路的同期，也学会了说话，但是小儿子到了1岁半才刚学会说话。“我也很难解释清楚为什么大儿子的学习能力和身体抵抗力会比小儿子好很多。”

关于小儿子日后的教育，麦芬也有自己的想法，“我希望孩子每天都可以和我见面，每天我们两个都有互动，我希望家人能陪着小儿子一天天成长，就像大儿子一样。”

（文中人名均为化名）

（文／陈映仪）

“有影迹”，消逝的历史与延续的爱

2019年3月11日，寒冬的影子还没有退去，万里碧空却已藏不住早春的气息。是日，佛山红卫康复村无比热闹，从两鬓斑白的耄耋老人到咿呀学语的年幼孩童……众人齐聚一堂，尽情享受着当下的美好与欢乐。

老人们皱纹满面，皮肤松弛，黯淡的肤色下掩盖不住已经生出的老年斑，但他们笑得也一如周围的年轻人和孩童一般快乐。没有人知道他们的过去，甚至没有人知道他们的身份。和谐的空气似乎抹掉了他们经受的一切苦难。

麻风病康复者们正在老去，他们的历史正在消失，他们的委屈和痛苦正在被时间的洪流冲淡和掩埋。所幸的是，有人在以口述史的方式，记录着这一切。

2018年11月9日，在由崔永元口述历史中心主办的“口述历史之夜”，张馥兰站在中国传媒大学的中传讲堂分享自己的团队进行麻风村口述史的故事。朴素平淡的语言里，藏着的是数十年前的往事，也是麻风病康复者们的信任。这一刻，张馥兰脑海中的念头无比坚定："我一定要为他们做些什么。"

"天时，地利，人和"

事实上，麻风病是一个古老的疾病，在中国也并不陌生。20 世纪五六十年代，全国能统计到的麻风病人超过五十万人，全国各地也建立起了大大小小麻风病院、防治站、麻风村。1980 年，这样的地方已经有了一千余处。

于是，大部分麻风病人被隔离到了这些村子、院子。隔离地点大都建立在人迹罕至的深山或孤岛上。

康复者有的不愿回到人群中，便留了下来。麻风隔离村于是变成了麻风康复村，成为无数康复者们赖以生活的据点。

几年前，张馥兰还是广东财经大学的一名大一学生。在理科的海洋中苦苦挣扎的她并没有想到，自己会在冥冥之中走上麻风村口述史这条道路。

"高考分数太低，所以就被调配到数学专业。"数学对她来说就如"天书一般"，虽然学得十分卖力，但大一第一学期期末还是有一科高等代数没及格。她十分窘迫："我就算大四清考也过不了，那就拿不了毕业证。所以我就想算了，破罐子破摔，就不怎么学，老是逃课。"同班同学都在硬着头皮苦苦坚持，她觉得自己在班里就像个另类。

眼看自己的兴趣点并不在此，一直逃避下去也不是办法。大二时，她了解到学校的转专业制度后，萌生了想要转去新闻专业的想法。无奈达不到学校制度的硬性指标，她只好写信给校长和人文学院的院长申请。

“那时候是在自己所谓的人生困境里面。已经大二第一学期了，想转专业比较困难，所以就想出走一下。后面我了解到我们班有同学经常去麻风康复村，觉得挺新鲜。去看一下别人怎么生活，也许能给自己启发。”于是，2012 年 2 月，张馥兰加入致力改善麻风康复村生活环境的家工作营志愿者协会，与十几个大学生一同前往湖南吉首市凤凰县麻风康复村。

她回忆道，当时天气很冷，村子又在山上，所以只剩下六位老人居住。由于担心勾起老人的伤心事，同队的志愿者叮嘱不要去过问他们的历史。但与其中一位老人互动较多，她发现并不是所有老人对讲述自己的过往都很抗拒。

“因为一件事情都有两面性，可能回忆对他们来说是一件比较悲伤的事情，但是也可能是一个倾诉的机会。如果从一个价值或公共利益的角度来说，这是一种历史的纪录。”

初次走访麻风康复村，给了张馥兰很大的触动，“所谓天时地利人和吧。”出于对一个特殊群体的好奇，出于对人的好奇，也出于历史即将被遗忘的紧迫感，她急切地想要记录下麻风病康复者的过去。

回来之后，张馥兰继续写信“轮番轰炸”。最终，如愿转到了新闻专业。

一个人的记录

“转专业对我来说是一种解放。”到了新闻专业后，张馥兰又陆续参与了几次志愿活动，渐渐与一些康复者熟络起来。

2012年7月，张馥兰趁着暑期到了家乡的麻风康复村——广东省普宁甘石径村。“我每逢寒暑假、国庆、五一就会回去看他们，所以还是有比较多的接触。有一些比较熟的，他也会自己说出来。所以在这个过程中，就会听到一些故事。”

在她与康复者们交流时，有一位姓罗的老人一点也不避讳讲他的经历。“平时也听他聊过一些零散的事，就是没有系统的讲述。”罗汉松的故事在张馥兰心里埋下一个种子，她一直希望能够有机会与老人做一次访谈。

“我其实有一份家乡的情结，因为跟那个村子的老人比较熟悉，所以我觉得可以先从那个康复村的老人做起。但是因为那里离广州太远了，一直没有找到机会。”

一年后，这位老人的麻风病遗留下来的脚底溃疡已经发展得非常严重，做完截肢手术的他被送到佛山南海红卫医院疗养。而张馥兰恰好在佛山三水念书，就拜托其他志愿者去试探老人的态度。得到肯定的答案后，2013年10月，她在自己的大三开始了人生中第一份麻风村口述史记录工作。

第一次采访十分顺利。老人本身非常健谈，稍微引导一下就能自己说出很多经历。而双方共同使用方言对话，又给采访添上了一层地气。

张馥兰介绍，老人的经历比较坎坷，刚开始只是截了一条腿，后来发现另一条腿也不行了，只好两条腿都截掉。由于 20 世纪 50 年代的政策原因，他现在并没有子女照顾，在截肢后自己休养了半年才回到家乡。

“他们隔离疫病，在医院是不能谈恋爱的。但是在 20 世纪 80 年代后期的麻风村里面就会宽松一些，麻风病康复者可以结婚了。”

这次与罗汉松的访谈对话，给了张馥兰不少信心。“是一个顺利的开端吧！”她感叹。

初建团队与“扎根”

做完第一份口述史花去了张馥兰好几天的时间，访谈时长也多达七八小时。“整理录音是一件很痛苦很花时间的事情。”“一个人的力量就比较有限，还是要做一个团队。”2014 年，大四的同班同学基本都开始实习，她也在 10 月通过微博微信等网络平台招募组建了一个九人的团队。

“一个人做事跟一群人做事很不一样。”张馥兰表示，一个人会更随意一些，但对于一个团队而言就要考虑到团队成员关系的维持，对康复村基本知识的培训，还要引导大家协作，指导口述史访谈方面的内容。“虽然说以前做志愿者活动也经常有组织工作，有十几个人，也有筹备有带团队在做一些事情，但是跟做这种事情不太一样，因为这个周期比较长。”

开始时，张馥兰压力很大。但感受到来自基金会许多伙伴的支持和大学里老师的鼓励，也接受了各方朋友的建议和指点，张馥兰决心坚持下去。

在以往的志愿活动中，张馥兰了解到许多康复者其实有着自己的才艺，因此成立团队后，首先会寻找这类比较特定的对象，比如会画画、会书法、会曲艺、会摄影等的人物。“因为可以看到特殊中的特殊吧，就是为什么这些人在村子里面还能放飞自我，在一个比较艰难的环境里面还能坚持自己的梦想和爱好，相比他人他们有什么过人之处……所以当时就选择了这样一个角度。”

张馥兰还谈及了康复者的婚姻情况：患病前结婚的、患病前有孩子的、患病前没有结婚的没孩子的……她认为，有没有结婚，有没有孩子，患病时间长短，在康复村里职位的不同，性格的差异等，都会让康复者们在一样的背景下拥有了独特的经历。

出于资金的考虑和各方面因素的限制，口述史团队只能限定在广东的范围。但张馥兰有足够的信心：“以广东为样本，做的访谈已经很有多样性了，各种类型的康复者基本都能访谈到。所以也不是说范围越广越好，你可能也很难收回来。”

张馥兰觉得，自己和团队做的事情其实与做新闻、深度报道并没有太大的区别，“只是说我把范围限定在这个主题上。他们（康复者）是驱动我去做这样的东西很大一部分的动力，当你去决定的那一瞬间真的是因为他们的情感。”

“能在一个地方扎根，然后把它呈现出来就够了。”在与团队共同进行的口述史记录工作中，她感到很踏实。

“内在的自我唤醒”

后来，张馥兰的团队有了一定的影响力，于 2016 年 3 月正式成立了有影迹纪录工作室。她透露，“有影迹”在自己的家乡话中是“有道理、有依据”的意思，于是起了这么一个好听又富有哲理的名字。

工作室的正式建立意味着新鲜“活水”的注入。这年，在广东外语外贸大学读新闻的大三学生洪梦霞，顶替一个朋友去工作室当了一天志愿者，成为团队的一员。洪梦霞是一个有着“新闻理想”人，北京有许多她喜欢的媒体——三联生活周刊、新京报、财新。2016 年末，她升上大四，即将离开团队前往北京实习之际，却愈发舍不得。“毕业嘛，心情激荡起伏，内心也很拉扯，纠结是要离开广州还是要留下来。”

让洪梦霞如此犹豫不决的原因，源于她在这年圣诞节的平安夜，在江门椏溪与康复者们的一次聚会。她介绍道，椏溪的康复村会请神父给他们提供一些基本的医疗救治和心灵的救赎。自己在随同工作室前去拜访时，答应了老人要陪他们一起过圣诞，就留在当地。

她没有想到，就是这次圣诞聚会，彻底触动了自己，也改变了本来的生活轨迹。

在遇到这个群体以前，洪梦霞活泼，开朗，天真，善良。但她“并不是那种特别能感受到别人的人”。她说，自己活得很“糙”，不够敏感、细心。但是渐渐地，她意识到自己正在改变。

她被麻风病康复者深深打动了。“因为他们非常真，而且他们的痛苦非常深刻。在我前二十年生命里，我不知道人可以去遭受这样一些苦痛，也不知道人如果遭受这样深刻的苦痛之后应该怎么生活下去，我也不知道人跟人之间是可以这么真诚相待的，可以这么深刻的走进对方的生命。”

“所以康复村的经历对我来说是一种真正的内在的自我唤醒。你会发现前面二十几年你过得非常虚无。因为你并不知道你内心真正想要的是什么，你也不能感受人跟人之间的那种感情。觉醒的过程是非常痛苦的，痛苦完了之后会觉得自己像是新生了一样。”

洪梦霞与康复者建立了深厚感情的同时，也产生了一种“报恩”的心理——康复者们让自己的人生有了如此大的改变，自己也应该为他们去做一些事情。“只是在那个时候这件事情更重要，它超过了我要去追逐的新闻理想，或者我想要一个更好的物质生活的欲望。”2017 年 1 月，她决定留下来，与张馥兰一样成为全职工作者。

就这样，两个二十出头的女孩，一起在广州市某城中村的一栋小平房二楼租了一间六十余平方米的房子。同为潮汕人，她们有了共同的生活爱好——喝茶，“我们现在就是靠茶续命”，她们互相调侃。

工作的时候，张馥兰在房间里的书桌，洪梦霞则在茶几上打字，两人互不干扰，十分和睦。

“骗”与“被骗”

工作室正式成立后，并不是所有采访都一帆风顺。

“因为我最开始自己做的那个访谈比较顺利，项目正式成立后的访谈，虽然跟那个老人家很熟，但是最开始讲的时候就很多缺乏细节，也就是泛泛而谈。”张馥兰提到，由于以前在集体中生活，康复者会无意识地去个人化，“他们更倾向于用‘我们’，讲一些集体的事情，谈到个人的经历就比较少。”

虽然沟通过后，康复者的讲述视角会有所转变，但工作室的成员们渐渐发现，一个人的故事是否精彩，除了他本身的经历之外，很大程度还取决于他的表达和感受力。“所以这不是说个人的问题，不是我们努力后能达到的，也算是口述史中有限制的东西。”张馥兰总结道。

除此之外，康复者们由于长时间受到歧视，也会刻意回避一些信息。张馥兰解释，许多康复者患病前都有家人，有些跟家里的联系也比较密切，会担心接受采访给家里带来压力；有的康复者不能接受自己的容貌，就拒绝录像；还有些康复者可能有兄弟姐妹也患过病，但却谎称家里只有自己一人得病。

“你可以探究他这个回避背后的社会原因、家庭意识、对个人苦难形象的塑造，也有可能是怕人以为麻风病是遗传的等等因素。”

虽然有着丰富口述史记录经验的张馥兰十分理解采访对象的隐瞒，但对于洪梦霞而言，被老人“骗”，是一件很受打击的事。

“因为我前面说了以前没办法去理解他们那种非常复杂的感情，所以现在是怀着非常信任和深厚的感情去与他们做访谈，自然也觉得他们很坦诚，所以每一次发现老人有所隐瞒，就非常委屈非常崩溃。”其中有一位叫阿真的婆婆令洪梦霞感受到极大的痛苦和冲突。

阿真在麻风村似乎并不被众人喜爱，洪梦霞刚开始对她也存在偏见。“后来有一次我们在楼下走，她很热情地叫我们上去喝茶，然后聊着聊着，因为当时我们口述史做到快要收尾的阶段，非常缺女性康复者，所以我觉得可以试一下。”

“在阿真的故事中，最痛苦的是双方之前有一方是跟我非常要好的一个伯伯，我是非常信任他喜爱他的，但他是阿真的负心人……”洪梦霞回忆道，就在第一次访谈开始讲到阿真与伯伯的往事时，那位平日里情绪偏激言辞激烈的婆婆开始在她面前撕心裂肺地哭诉，让她现在回想起来都历历在目。

“那个时候对我的冲击在于，她那种情绪可以把你不由自主地带进去，所以你会觉得她所讲述的那个对象做了很多的坏事。但那个对象比如说刚好是你的亲人，所以这个时候我的内心很撕裂。”洪梦霞倏地意识到，一个人会有很多的面，他可能做过天使一样的事情，也可能干过魔鬼一样的事情。同时，阿真嘴里的故事又与其他村民口中的版本非常不一致，这让洪梦霞在权衡信息的时候更加挣扎。

对于刚接触口述史不久的洪梦霞来说，一面要安抚阿真的情绪，一面要处理自己的情感，一面又要顾及访谈的进度。她觉得已经自己没有足够的理智和思考去撑起这段访谈，“所以我当时像逃走一样，这种冲击对我来说太大了。”

她补充道：“所以口述史的访谈非常有趣，它不断把你的情感抛上抛下，你会感受到一种非常深刻的起伏，因为无论是跟他的故事还是跟他的讲述，还有你们之间互动的变化，会觉得自己在海浪上颠簸。”

所幸的是，口述史团队的成员在一次次的访谈中逐渐成长，而麻风病康复者们，也能慢慢放下戒备，与外界的人有更多交流。“一个没有被善待过的人最能识别善良，所以他们非常珍视跟学生或者跟义工的这种情谊，所以你们去到任何一个村子都会觉得他们对你们就跟亲人一样，他们很珍惜这份晚年来之不易的情感交流。”张馥兰感慨。

“一年变成一年半，一年半变成两年”

洪梦霞还清楚地记得，2016 年底，张馥兰亲口对自己说：“我们明年十月份就结束项目。”她思索着，只用不到一年的时间就能结束，也不算很久，“当然当时以为只是一年，小兰（张馥兰）是这么跟我说的。”

“我那个时候也真的是这么认为的。”张馥兰没好气地笑着补充。

每月三千块工资，与“特别”的“病人”接触来往……口述史的工作给她们带来了不少来自家里的压力。

对于农村家庭的洪梦霞而言，自己能考上广外，整个家族都“望女成凤”。“但我这个人属于冲动型的，当时小兰跟我说要在一个星期内确定下来，因为马上要做明年的计划了，然后我就打个电话回家跟我爸说。”“他们没有想到我毕业会选择这样的一份工作，一是钱的问题，另一个是这份事业没有固定，第三是它的名声实在是太不好了。我爸都不跟人说我在做什么，他就说我在广州做类似于记者的工作。”从小什么事情都会与父母商量，洪梦霞这次擅作主张的决定让家里十分震惊。

但洪梦霞坦言，事后父亲主动给自己打了电话，让自己去追求想做的事，让她颇受感动与鼓舞。她还得意地强调，自己的父亲在家族聚餐时，会宠溺地表达对女儿的支持，挽回她的面子。

相较而言，张馥兰在与父母交流时，则更为“叛逆”些。在家庭里身为最小的女儿，张馥兰经常被父母灌输“女孩子要勤俭持家”的观念。

“我爸到现在还是这个观念，他也觉得我比较能干，但是他会说你拼死拼活其实没用，你工作上再有能力、再厉害，也比不上你嫁到一个好老公。所以有时候我会特别沮丧。”张馥兰非常想要证明自己，想要得到最亲的亲人的肯定，但父母的这种观念，到现在还会打击到她。

所以，张馥兰在发朋友圈时，与口述史工作相关内容会屏蔽掉父母，做到全职之后也没有告诉家里，直到前两年才与家人坦白。“支持肯定没有，但是不反对就很好了。”

此外，她们还面临着关于资金匮乏的种种难题。最开始时，通过众筹的方式集资。慢慢地也出了许多期电子刊物，让想要阅览的读者有了“月捐”的途径。还会跟一些 NGO 组织如广东省汉达康福协会合作，口述史提供故事，合作组织则回馈以稿费。

“一年变成一年半，一年半变成两年。”张馥兰和洪梦霞有过采访的压力，有过生存和资金的窘迫，有过人际交往的焦虑，有过来自家里的负担。但她们依然不后悔走上这样一条道路。

洪梦霞由衷感叹："这两年后悔的时间加起来不到半个小时。其实也不是后悔，只是觉得这件事情已经超出了我承受范围的感觉。但是这些情绪会很快消失，因为这样持续的时候你会感受到康复村的老人给你的情感的滋养，以及你真正从事这份工作之后你在其中的成长。"

每月拿着三千块的工资，似乎也并不影响她们的生活质量。时不时出去"大撮一顿"，喝点小酒，或者参加一下村里的聚餐活动，感受当地族群维系传统和情感联接的方式。她们过着"像出山一样的隐居生活"，所有生活的窘迫仿若能够如风似云一般，轻描淡写地散去。

真正的影响力

粤东，粤西，珠三角，粤北……有影迹工作室的口述史记录，涵盖了广东地区的21个康复村，遍布了南粤的各个角落，在2019年进入收尾工作。

"我们会拍访谈的视频，也有村子里的视频，现在有十几TB的素材。动手拍是很容易的，但是要怎么剪辑和串联是需要去考虑的，现在没什么时间做这个，所以先把精力投入到文字上。"洪梦霞表示。张馥兰也透露，现在写故事也已经到了收尾阶段，接下来还需要考虑出版的事情，思考如何呈现这些内容。

事实上，有影迹纪录工作室的关注度一直处于不高也不低的状态。2018 年 9 月，张馥兰曾应腾讯“谷雨实验室”特邀，撰写了一篇名为《人间拾女：最后的麻风村民和他们的女儿》的稿件，为云南的麻风病康复者筹款，并由腾讯公益出品。“因为云南的情况比较特殊，它本身就是高山，一些康复村就特别深入，路也很难走，所以在管理上就会比较困难。云南康复者的后代也很多，所以我们就联合弄了个项目给康复者后代，或者是‘麻三代’，也就是他们的孙辈。”

“这种阴影还是萦绕在他们身上，所以也是为他们教育的筹款，所以那篇链接就是他们的筹款。后来在腾讯公益上也发了，阅读量有 10 万 +，很多人看。我发现筹款真的增加了几万块。”张馥兰回想来，觉得有些不可思议。毕竟筹款项目特别多，麻风村康复者的项目也比较少人关注，“如果没有那篇文章的曝光会比较难。”

但两位全职人员认为，关注度并不能带来什么实质性的东西，即使是很多人关注，也不代表它真正能够产生影响。“我们的工作想让更多人了解是一方面，然后更大的意义是能够真正地影响到需要的人，而不是刻意去追求是否可以影响到非常大的人群。因为非常大的人群你不知道真正影响的是什么。”她们有着非常清晰的定位。

“比如卫生局能够推动一下病村的进度，关心老年人的生活、医疗状况啊，这是一些非常现实的问题。”洪梦霞如是说道。

张馥兰补充：“不只是政府方面，包括我们招的一些成员比如说志愿者，我们也很关心他们在其中的成长，包括一些毕业的成员会说这是他们在大学里面做的最有意义的事。或者上次与腾讯公益联合的项目能筹到一些钱，能发挥真正的作用。”

她们也很希望在麻风村口述史项目结束后，有影迹工作室能继续存在，去记录一些相关的事情。

“以后可能更多关注边缘群体，希望我们还可以做一些相关志愿，对于记录一些人和事我们也比较感兴趣。因为我们生活在中国，可以做的事情很多，有时候还是要考虑到生存各方面的问题。”

现在，张馥兰时常在朋友圈发一发自己的生活感悟，或者与团队小伙伴们的大合照，又或是自己与康复者老人的温馨互动场面。在2018年12月31日跨年时，她发了一条朋友圈，写道：“四年前和四年后的我们。”

左边的照片中，张馥兰留着长发，青涩单纯。在她身旁的老人幸福地笑着。

右边的照片中，张馥兰剪了利落的短发，沉着稳重。她的身旁依旧坐着那位老人，脸上一如既往地洋溢着幸福满足的笑容。

（文/许诗颖）

异次元的少男少女们

中午的甜品店里，人流不算太多，但外面空气却潮湿又闷热，让室内的空调变成了所有人的乐园。

准备去漫展现场兑票的奶昔把自己的行李箱靠在墙边，从里面拿出化妆包在奶茶店找了一个角落补妆。广州的中午太热了，拖着行李箱挤地铁让本来已经化好的妆面有些不完美。她安静地坐在没人注意的角落，却还是非常引人注目。

圆圆的发包，精致的绣花，有些夸张的蝴蝶结，精致繁冗的蕾丝，被裙撑撑起的蓬蓬裙和精致的荷叶边高跟鞋，这些装扮过于与众不同了。

“做自己”听上去像是个泛泛而谈的概念，谁都可以说这一句，但却不见得谁都可以做到这些。无论是 cosplay、lolita 还是 jk、dk 制服文化等，爱好它们的少男少女们，都是从荒芜走来，到如今见它们繁茂。

从无数的偏见到当今社会的初步接受，异次元的孩子们也仅仅是想利用空余的时间，叛逃三次元的那些烦恼和苦闷，在二次元里重新找回自己童年时那些执剑闯天涯或穿着水晶鞋的梦罢了。

由梦而生

cosplay是英文Costume Play的简写，日文コスプレ，指利用服装、饰品、道具以及化妆来扮演动漫作品、游戏中以及古代人物的角色。它是20世纪80年代在日本流行起来的御宅文化的分支，近年来在中国愈发流行。

小吉接触cosplay已经有五年半的时间了，他是个底子不错的男生，在社团里也因为自己的努力成了比较重要的角色。想起自己最开始cos的初衷，他觉得像在回忆黑历史，但又有些感慨："因为当时我爱看《火影忍者》，偶然了解到有一个《火影忍者》cos的舞台剧，就阴差阳错地报名想去一试身手，这算是初体验。"

coser的入门门槛不高，只要有一腔热爱和足够的时间、金钱，就足以完成一次正片的拍摄或者漫展的参与。因此在近年来ACG（动画、漫画游戏的总称）文化普及的大势所趋下，cosplay群体也拥有了越来越多的参与者和拥护者。但想要把角色还原，仅仅靠热爱是完全不够的。首先是了解，其次是花足够的时间精力，将妆面、道具、动作都还原为角色本身，coser（玩cosplay的人）才能够真正地完全演绎自己喜欢的角色，甚至让其栩栩如生。

"这是一个源于热爱和梦想的东西。"小吉这样描述cosplay。

他自己就是一个标准的热血青年，就像火影忍者里的漩涡鸣人，一腔孤勇。热爱是能够点燃所有行为的火焰，小吉因为热爱火影忍者这一部动漫，因此深入了解了 cosplay 这种表达热爱的方式，甚至在社团里找到了与自己同样热爱动漫、有共同话题的朋友们。

“这确实是我的梦，无论年纪多大，但初心还在，就会记得。”26 岁的社团团长馒头是小吉的好朋友，他已经创立宅基地社团七年多了，尽管已经到了奔三的年纪，但还是没有忘记年少时候的热爱。

这是一个由梦而生的领域，在这里人们交流、相处的方式和日常生活中有很大的区别。尽管如此，同为热爱御宅文化的爱好者，友好让这个领域变得包容又可爱。社团就是一个标准的例子。成员们都用自己在二次元世界中的 CN（coser name）来代表自己，不需要知道真实姓名、真实地址，没有那么多标准和顾虑，一个代号就可以是真实的自己。

就算是二次元，也要努力冲啊

“我是个 Lo 娘，”奶昔很清楚自己在“地球人”眼中是有多么的与众不同，但她能看得开，也乐于接受，“随便别人怎么想，我喜欢这样穿，因为真的很可爱啊”。

“‘女为悦己者容’的翻译有很多意思，但我觉得是女孩为了自我取悦而精心装扮，毕竟人活着不是为了取悦别人。”

每个女孩小时候都有公主梦，lolita 让奶昔感觉美梦成真。她会蹲在每一个店铺的微博下面，种草漂亮的柄图，等待样衣，下定金补尾款，然后兴奋地等待收货。她会给自己喜欢的裙子们称呼，最喜欢的就叫大老婆，新买的就叫新老婆。Lo娘会为每一件“新老婆”想搭配、买小物，并希望自己每一次穿它们出去的时候，都是最耀眼可爱的。

当被问到这样穿出去会不会有很多恶意的眼光时，她说：“引用一句别人说过的话，有的人爱我，有的人恨我，没有中间的人，我喜欢这样。大家都是第一次活着，为什么要这么在意别人的眼光呢？我会因为lolita小裙子努力打工，会用自己的收入选择更好看的搭配，会让自己变得越来越好，我觉得这就够了。”

而小吉会更加忙碌一点，他最近每天泡在有镜子的练习室里，和社团的大家一起准备漫展上要登台的舞台剧。

刚开始的时候困难很多，首先是人员调配。学生的时间各不相同，很难在一个固定的时间凑在一起排练。其次，对于团长来说，要想管住一个团专心排练也是一件不容易的事情。而对于并不是专业读戏剧表演的cos爱好者，他们可能来自于应用数学、统计学、文学等各种不同的专业，没有接受过专业的指导，一是情感上放不开，二是肢体语言难以表达。再者就是剧本和舞台编排的事情，想要把舞台剧做到极致，光靠热爱是不够的，动脑也非常重要。

小吉是一个有表演欲的人，他想做的事就会全力做到最好。“在平面上表现自己喜欢的角色？不够，我想要有血有肉的演绎。”因此舞台剧成了他最佳的选择。

他解释道：“表演和平面是差距很大的，平面，你好看就完事了，你好看就会有人夸你。不管你的表现力是不是很差，是不是不还原，但只要你有一张好看的脸，在这个碎片化的信息传播网络里，就会有人喜欢你。但舞台剧不一样，你人再好看，你让我花十几二十分钟，我连台词都听不清，你的肢体一塌糊涂，我甚至不知道背景台词放的是谁在说话。我怎么去理解剧情？假如把一台电视放在你面前让你看，没有字幕、没有声音、主角都是僵硬的提线木偶，你看得下去吗？”

想起第一次上台表演，小吉有点不好意思。“其实就像是在回忆黑历史。”他们社团不太有经验，一起回看曾经的录像都会害羞。那个时候妆面和造型都做得不完美，道具也是赶工而成，动作僵硬，台词磕磕绊绊，“虽然嫌弃，但起码是第一次，永远值得纪念。”

至于被很多人问道，为了你自己的爱好，花这么多钱，这么多精力，值得吗？小吉却很看得开：“我觉得这个爱好就是只赔不赚，但这只是经济上的。世界上没有多少东西是你精神上满足，经济上还赚的。”

说到这里，他又笑了起来，告诉作者自己该去排练了。

踏着偏见前行

ACG 文化在日本流行开来之后，中国陆续引进，加上网络传播，国内获取信息渠道的不断增多和网络购物的便利化，使得动画、漫画和电子游戏在国内蓬勃发展。ACG 文化爱好者不断增多，与传统文化的冲突碰撞也日益显现出来。

“我一向认为我是支持文化多元的，一个受众可以受多种文化影响，但文化一定要有主流文化，或者说大众文化和小众文化之分。ACG 文化在我看来是小众文化，小众文化就应该活跃在小众群体里，但是它这几年好像越来越猖狂了。这几年在网络空间里，它频频出现在我的视线里，影响越来越多的人，有时候隐隐给我一种它是青少年主流文化的错觉，但亚文化就是亚文化。”一位有些厌恶当今 ACG 文化的赵同学在采访时说道。

ACG 文化仍在社会主流眼光中挣扎，对于 ACG 文化爱好者，或是 coser 和 lolita 爱好者，会为 ACG 文化消费的人们，家庭乃至社会的态度有待商榷。

传统文化和新时代青年亚文化的碰撞火光四溅。就像“有的人爱我，有的人恨我”，社会上对 ACG 文化的态度始终两极分化。有爱好者或拥护者感慨“我很高兴很快乐”“他们好厉害”，也有厌恶者会质问“你有事么”“有病吗”。不能否认，ACG 圈内存在“圈外人”无法理解的歧视链和规则。前不久的一则社会新闻，一位买了“山寨 Lo 裙”的 Lo 娘，在闹市区漫骂另外一位穿了“山寨 Lo 裙”的 Lo 娘，因为后者穿了“山寨 Lo 裙”。再比如，未成年 Lo 娘，在公众场合有不雅行为。这些负面新闻都令公众对 ACG 文化的印象更加负面。

“我开开心心地穿着小裙子上餐桌，爸爸妈妈就开始用冷眼看我，‘你这穿的是什么东西’‘这么奇装异服怎么穿出门’‘给我扔掉’……我甚至没有心情吃饭，回了自己的房间想了一下，他们这样反对和诋毁我喜欢的东西，我在这个家庭里也没有办法，只是希望有没有喜欢却没有买到的小姐姐们想收留我这一件新的小裙子……”这段话取自一个 lolita 服饰官博的热评，这位 lo 娘因为家庭的明确反对不得不将自己心爱的裙子卖掉。

高中时期的奶昔第一次接触 lolita 文化的时候，她的第一反应就是把这份快乐和惊喜分享给自己的母亲。虽然她从小的学习成绩还不错，但是在父母和爷爷奶奶的眼中，从小她就是个不听话的孩子，用过来人的话讲，就是“不做正经事”。在没有接触过 ACG 文化的成年人中，这样的爱好和篮球、足球、游泳之类根本不能相提并论，那些可以归类为爱好，然而 ACG 就要被归类为不正经、影响学习的东西。

因此在高中时期，奶昔并没有和母亲达成和解。她做了一年的“地下工作”，压抑着想法，每天只能从手机里看看小裙子的漂亮图片画梅止渴。

到了大学，没有过多学习压力的时候，奶昔也逐渐尝试把自己作为模特拍摄的 lolita 私影发给父母看。“我觉得他们的反应还不错，也许是女儿长大了知道打扮了的那种欣慰。”她逐渐乐于和父母分享自己的照片，努力将 lolita 带给自己积极阳光的一面也传递给自己的父母，“也许这样的积极是他们想要看到的一个方面，也会增加对我们的理解”。

圈子内的社团里，志同道合的人聚集在一起甚至像真正的亲友。他们不知道对方的真名、真实住址，却可以在见面的时候肆无忌惮、轻松畅快地聊天、交流。可以帮对方买东西，可以一起逛漫展，二次元仅仅拥有代号的友谊看起来有些单纯和美好。

“他们对我就像家人一样，”成都的 coser 芽芽说，“说起来有一个挺好笑的事情，九寨沟地震的时候，我们这里震感很明显，在楼底下等余震的时候手机没电了，直到重新开机的时候，发现同好群里炸开了锅，未接来电也是好几十个，都是社团里的朋友。他们是真的很担心我。”

“大家都是一群透明人，透明人再不互相取暖，谁还会给你火种取暖呢？”当了四年副社长的 cosplay 摄影大熊说道。

在微博的《透明人》栏目中，有一期短视频进行了 cosplay 爱好者的专访。策划在评论里说：“我问了很久的自己，cos 这件事，我能给予多大程度的理解。事实上，答案一直是很乐观。每一个亚群体的一分子都可以很炫酷的表示：‘其实我不关心别人的眼光’。但绝大多数时间，这是一句假话。”

其实从古至今，文化的冲突碰撞就没有停止过。当今的青年亚文化和传统价值观之间也正在经历这样的火花。就像路人会对 coser 指指点点说穿着不雅，但 coser 只会觉得这是尊重并且还原角色本身。

在社会环境的影响下，几代人之间观念的碰撞往往在所难免。这样的冲突永远不会减少，很可能当我们老了，能够理解小孩子们为什么喜欢 ACG 文化的时候，他们又不玩 ACG 了，改为玩一个我们接受不了的东西。

“我们也想被认同。希望能有一天，我穿着漂亮的小裙子上街，迎来的不是异样的眼光和指指点点，而是由衷的欣喜。我期待着。”奶昔说。

（文中人名均为化名）

（文 / 李思瑾）

“绿卡”的执念

来到澳大利亚

堂哥浩宁在2007年出国，去到澳大利亚留学。他先是在哥士福的语言学校学习了二十周，后来又转到悉尼上高中。当初出国留学，他最大的目的就是避开国内的高考，“因为国内高中学习压力实在太大，高考也实在太难了”。而在澳大利亚，中学的课程相对要轻松得多，选课的自由度也很高，除了英文课是必修课之外，其他科目都是选修课程，包括数学。学生可以根据自己的意愿来选择学习的科目，大学的入学考试也只从这些科目进行考核。显然，这让学生有时间深入个人的兴趣学科发挥出自己的优势。

除去为了避开竞争激烈的高考，在国外寻求更好的发展机会之外，出国念书的留学生当中，有相当一部分都是冲着那张“绿卡”（即外国人永久居留证）去的。但不论是在2007年刚出国的时候，还是直到 2019 年回国，浩宁一直都觉得拿不拿绿卡无所谓，在哪里生活也并不那么重要，只要过得开心就足够了。反倒是他的家人，包括父母和奶奶，一直都非常希望他能够拿到绿卡。出国的时间越长，浩宁的家人对于绿卡的执念就越强，总觉得在澳大利亚待了这么多年都没有拿到绿卡，实在是不甘心。

只要拿到绿卡，就能成为澳洲籍公民。首先在学费上，本地人的学费要求至少比留学生学费要低一半；在生活上，政府提供免费医疗等各种福利和保障，尤其是面向失业人员和退休人员的福利最大。没有绿卡的留学生，在国外生活除了要面对庞大的经济开销，在生活和工作方面也受到不同程度的限制。因此，浩宁的家人一致认为，首先要尽力拿到绿卡，而在这之后，不管是长期还是短期留在澳洲，都可以任由浩宁自己选择。

其实，除了各种福利政策之外，澳大利亚本身也是一个十分宜居的国家。以浩宁所在的悉尼为例，论居住环境，悉尼的城市景色很好，空气质量也高。要说法制建设，当地的违法成本非常高，因此大家都不敢轻易触碰法律，整个社会处在相对平稳安定的状态当中。随便走进一家店，你会发现当地的店主往往不会密切关注进店的顾客，也完全不担心有人偷窃。再如文明素养方面，当地居民待人接客都非常友善，温和且从容。他们具有很高的礼让意识，特别是在行人过马路的时候，车辆都会主动停下让行。而无论是对于原有的制度还是新近公布的制度，大家也都会自觉遵守。悉尼的种种都让浩宁对这个城市产生了不小的好感，拿绿卡的目标也就很自然地融进了他的生活轨迹。

“申请绿卡太难了”

然而申请绿卡并不如想象中一样是件一帆风顺或一劳永逸的事情。在开始的阶段，大家都以为只要出国读了大学，找到工作之后就自然地能拿到居留权，然而近些年来澳大利亚的移民政策不断收紧，申请绿卡一年比一年困难，直到2019年，浩宁都没有成功申请到澳大利亚的永久居留权。

澳大利亚有不同类型的移民渠道，包括技术移民，商业移民，投资移民，配偶移民等等，而浩宁则属于技术移民的范畴。技术移民的申请需要遵循积分制，目前最低的积分要求是65分，对于某些热门专业来说（如会计），则需要获得更高的积分才能收到移民局的邀请函。积分的来源和考核标准，主要包括申请者的学历（主要看是否属于当地紧缺专业）、英语水平（雅思分数）、工作经验，是否有真正的就业，工作所属行业以及在什么地方就业。简单来说，专业越紧缺，学习和工作地点越偏远，加分就越多。也就是说，想要成功移民，首先要证明你是这个国家所需要的专业人才，能够满足该国在某些方面的发展需求。

为了拿绿卡，浩宁只能在移民清单当中选择大学专业。澳洲的矿产资源丰富，最初他曾考虑选报开发矿产专业，因为澳大利亚极其缺乏这方面的专业人士，读完四年本科，拿到学士学位之后肯定能成功申请绿卡。但后来考虑到开矿地的辐射会很大，对身体健康有一定损害，就放弃了矿产专业，而选择了房地产方面的专业。这其中有部分原因是他父亲正好也从事这个行业的工作。对于这个专业，他的感情有些复杂，既觉得自己的选择是出于一定的兴趣，又因为要拿绿卡意味着他以后都要从事这一行的工作，有时他会分不清自己到底是出于对这个专业的喜爱还是为了拿绿卡在学习，尽管他原本对拿绿卡并没有太多的执念。

事实上，如果他当时选择的是房地产业的预结算专业（澳大利亚对这方面的专业人才有很高需求），现在或许已经顺利取得绿卡了。但是浩宁觉得预结算专业要学习如何看建筑图纸，嫌学起来麻烦，只想找一些相对容易、能早点毕业的学科就读，于是就选择了房地产项目经理及评估专业，学习如何评估房产工程建成后的价格。

除了本科学历要求外，申请绿卡还有另一个最低要求：雅思成绩必须要达到 4 个 7 分（听说读写）。浩宁在很早的阶段就顺利考到了 4 个 6 分，但如果想要考到 4 个 7 分，难度就不是一般的大。假期回国时，他曾多次进行补习，前后花了至少 6 万元人民币。但遗憾的是，经过了几年时间的努力，浩宁依旧没有在雅思考试中顺利考取 4 个 7 分。

没有绿卡的中国留学生

单是雅思分数不够，浩宁就没有办法申请澳大利亚的永久居留权。没有绿卡，浩宁在澳大利亚的生活之旅充满困难。没有绿卡意味着没有澳大利亚的国籍，而没有当地国籍意味着留学生在大学期间不能应聘全职工作，甚至连兼职都要受到很大的限制。如果留学生想要外出兼职，首先需要申请学生工作许可。这个申请本身就是颇费工夫的一件事情，即便最后申请到了，兼职时长还要受到严格限制，留学生每周只能工作20个小时，一旦超过就按照违法行为处理。

读书期间，浩宁在没课的日子里，就去附近的店面打工，做过餐厅的服务员、面包店的点心师助理，还有洗车店的员工。然而在这样的制度之下，他能够赚取的薪酬很少，根本不足以满足日常的生活开销。刚开始做学徒的时候，浩宁一个小时的工资只有6澳币，即便后来时薪上涨到15澳币，一个月也只有1200澳币，而在他租过的房子里，最低月租就已经不止1200澳币，最高达到2500澳币。

另一方面，由于学习成绩不算出众，浩宁在学校的四年时间里都没有获得奖学金，也没有得到任何形式的补助，每年的学费支出至少要二十五万人民币。因此，在学费、生活起居等各方面的开销很大程度上都依赖他于父亲的经济支持。一方面，拿不到绿卡浩宁就无法享有当地公民的福利和保障，甚至连正常的生活和工作都受到诸多限制；另一方面，近年来国内的生活环境也在逐步提高，这使得浩宁对于申请绿卡的愿望更加淡了。

事实上，留学生想在澳大利亚扎根是比较困难的，前几年只要有本科毕业文凭就可以申请移民，但近年来澳洲移民政策越来越紧，拿绿卡的难度越来越大，移民政策不断变化。相比起加拿大和新加坡等同样热门的移民城市，澳大利亚已经不算是很好的选择。同时，澳大利亚的就业机会也相对更少，原本就不多的就业机会更是被大部分优先提供给本地人；即便移民成功，澳大利亚的企业在招聘时也往往更青睐本地的白人。虽然在日常生活层面没有很明显的体现，但至少在人才招聘方面，浩宁遇到不少困难。

大学本科毕业之后，浩宁依旧没有成功申请到绿卡，只能先申请两年限期的工作签证。毕业后，浩宁的第一份工作是在建筑工地做搬运工以及负责拆墙等苦力工作，但不到三个月时间，由于适应不了建筑工地的环境和工作模式，又担心工作的危险性较高，他选择了辞职。从工地辞职后，浩宁一直找不到新的工作，生活开销又太大，于是他又跑去开网约车。他觉得这样自由自在，想开车就开，不想开也可以。由于白天的单难接，浩宁很多时候都是白天睡觉，深夜出车接单。就这样过了半年，他开始觉得开网约车的工作太乏味，而且晚上开车也不安全，就又回到大学打工的面包店工作。

回国就业，父亲的朋友给他推荐了一份月薪 2000 的工作

就这样，直至第二张工作签证到期，浩宁依旧没有申请到绿卡，无奈之下只好先选择回到家乡广东，去到了父亲朋友介绍的房地产事务所工作。他目前是一名房产评估外勤人员，每天早上 9 点到晚上 6 点，一个星期接连五天，浩宁几乎天天都要跑外勤，到高明、三水、阳江，佛山、南海等地方去做房地产评估。公司没有为职员配备车辆，浩宁只能自己坐公交、地铁、高铁，在各地之间辗转。晚上回到家里，他还要花长时间写大量的评估报告。而与这样高强度的工作对应的月薪却只有 2000 元左右，甚至比国内大多数服务业的兼职月薪都要低。

由于这份工作和浩宁的大学专业对口，且对于申请绿卡来说是

加分项目，尽管工资待遇低、工作量大，他也只能咬牙上了。不过，浩宁自己觉得除了薪水低之外，这份工作其实还不错。“没有办法，其实这个行业普遍工资都不高。”由于这一类工作对于学历没有太高的要求，更强调社会经验，在同样从事这个职业的群体中，留学生的身份对于这份职业来说，几乎没有任何加分的作用。

工作两个月后，公司给浩宁买了份1300元的社保，加上原本的工资，大概能有4000元。如果选择其他工作，能拿到的工资会高很多，但是因为浩宁在大学期间学的是项目经理及评估专业，为了之后重新申请绿卡，他只能继续在这方面深造，积累房地产评估师方面的经验。如果能够考到国家级的房地产评估师证，那么浩宁每月的底薪就能提高到5000元人民币。然而考证也并非易事，且不说这个证本身就不好考，对于本科毕业生而言，除了行业相关的本科学历，还需要具有四年以上相关专业的工作经历，其中从事房地产估价实务满三年。

虽然要暂时挨一段时间的苦，但他的家人觉得未尝不是件好事，“他一直觉得国外工作不好找，而国内地大物博、工作机会也更多，这次回国才真正意识到国内谋生的不易，差点连份评估师的工作都找不到。前二十几年的生活他过得太自由了，现在是时候感受一下人生的酸甜苦辣了。”

不知未来去向

目前来说，浩宁还没有明确以后的发展规划，但他打算先在国内工作三年，尝试考取房地产评估师，以及看看国内的形势如何。他的父母则希望他能够在这个行业里拿到三年的工作经验，并考到雅思的4个7分，又或者是用一年的工作经验加4个8分的雅思成绩，重新申请澳大利亚的绿卡。但浩宁觉得，“其实国外没有想象中那么好，所以我之后大概率会长期留在国内，并且我可能会离开这个行业，做自己喜欢的汽车销售工作或者由父亲介绍其他工作，最有可能是去街道办，那里工作轻松并且福利好。”

浩宁从小个性温和，没有很明确的梦想，也没什么雄心壮志，在他的认知里，似乎没有什么很喜欢的东西，也没有很不喜欢的事物。对于自己未来的命运前途，他总是感到很模糊。1991 年出生的他，今年已经 28 岁了，对于未来的人生路，他还没有任何明确的规划。考取房地产评估师证，考雅思，拿绿卡，或许就是他接下来最大的目标，又或者可以理解为，他家人为他安排的目标。因为其实连他自己都不知道，为什么一定要拿到绿卡。而家人也不能理解，为什么在澳大利亚呆了 12 年，他一直没有拿到绿卡。

（文中人名均为化名）

（文 / 林芷琦）

“直播不是生活的全部”

从前的直播对我们来说陌生而遥远，专业媒体人在演播厅内西装革履正襟危坐，直播流程固定内容严肃。而在新媒体时代，只要一台电脑甚至一部手机，人人都能成为主播。

向前追溯到2005年，专注视频社交的“9158”进入中国市场，以此为原型发展起来的秀场直播越来越日常化，各类大大小小的直播平台在2015年开始进入一个热潮，而2016年堪称中国网络直播发展的标志性一年，据中国新媒体发展报告（2017）数据显示，截至2016年12月，网络直播直播用户规模达到3.44亿，占网民总体47.1%，网络直播覆盖全生活。

从内容来看，最早兴起的秀场类直播依旧占据着主流地位，伴随着才艺展示和其他用户的互动，这一类的直播人气高居不下。除此之外，游戏类直播也占据了不小的市场，游戏迷们几乎都会有几个固定收看的直播。

直播逐渐开始成为网民日常生活的一部分，不论是严肃新闻还是娱乐八卦、生活消遣，媒体在悄无声息尝试着新的方式，成为网络主播也变成了一种新兴的职业选择。

90后女主播小梦

在校大学生小梦也是成千上万主播中的一员。

小梦家境优渥，但是从她身上找不到丝毫养尊处优的优越感，可能是受热爱文艺的父母的影响，小梦从小就喜欢唱歌跳舞，中学时期一直是班上的文艺之星，学校的十佳歌手大赛、文艺晚会她从不缺席，次次名列前茅。小梦学习成绩算不上太出色，但也考上了二本的大学。

高中毕业后，因为开销逐渐增多，娱乐活动多样且个性独立的小梦不想问家人索要太多的生活费，她开始尝试不同兼职来补贴额外生活开支。

先是拉上几个要好的朋友在微信上卖过衣服。可能是因为只在微信上出售，客人不多，服装也不够吸引人，她们没能坚持几个月就放弃了。但是小梦并没有因此气馁，“这本就是一次尝试而已”。自己去挑选漂亮的衣服，和朋友一起拍靓丽的照片，不算辛苦也没有亏本，还试了一次她想要去做的事，一切都不会太可惜。

打开小梦的朋友圈，90%都是关于各类化妆品的广告，从日韩系到欧美大牌都应有尽有，这是小梦的第二份职业——代购。她并不直接接触货源，而是作为“代理”，负责招揽买家，她赚的是其中的“中介费”。小梦戏称:“代购就像玩玩的，每样东西你最多加个五块十块的，根本赚不了什么钱。”就算是这样，她还是在坚持着，“赚点伙食费也好的，这算是我的副业。”小梦笑着说。对她来说，她的“本职工作”还是做“主播”。

7 月 3 日 21 点 03 分，打开小梦的直播间，她带着精致的妆容熟练地和大家开始打招呼，其中不少的粉丝是她的铁杆，几乎天天都在她上线的第一时间来直播间报道。随着时间推移，人数从开始的几十几百一点点涨到上千甚至破万，中间不过短短十几分钟。直播时长通常维持在二到三个小时，唱歌和陪粉丝聊天是她主要的直播内容。这两三个小时里，小梦会一直欢迎新进入房间的用户，有人打赏都会热情地回应，一边哼哼唱唱一边和留言区聊聊天。

经过两年的时间，小梦已经对每日的直播流程已经处理的得心应手游刃有余了，自然地和粉丝互动，小梦的声音充满了青春和活力，丝毫不因夜间而显疲惫。或许反而是因为夜了，直播间里的一切都显得生机而热烈。

直播界的规则

我见到的小梦不施粉黛，穿着网购的紫色 T 恤，一条黑色小短裤配一双厚底的人字拖，个子不高的小梦为了增高，鞋子几乎全是厚底的。没有化妆的她黑眼圈显得有点重，皮肤看起来也不如视频里的好，她解释镜头都是带了美白、瘦脸等美颜功能的。刚刚结束了通宵达旦复习的期末，就算是在这样的学习压力之下，小梦依旧保持着一周近 20 个小时的直播时间，“因为晚上要直播到十点、十一点，还要卸妆洗洗弄弄，等睡觉起码要一两点钟”，黑眼圈似乎已经成了躲不过的日常。

每周长时间的直播对身体上的考验小梦还算应付得过去，但是再健谈的人这样几乎不间断地每日直播也会遭遇无话可说的窘迫和瓶颈，面对需求各异的粉丝群体，怎样去取悦他们成了主播的必修课。

“最重要的是要和那些‘守护’互动”，小梦这样说道，她口中的“守护”就是那些打赏大方的粉丝们。小梦所在直播的平台实行的是用户等级机制：用户的每次充值记录都会累积纳入划分考核，显示为皇冠数出现在他们的账号上。每个用户一旦进入房间，主播们都可以看到他们的等级数。小梦直截说道：“看到那种皇冠数多的人进到房间，哪个主播会不理他？都是很积极地和他们聊天。”对于这种直播规则，小梦毫不避讳，“还有就是，你一定要假装自己什么都懂一点，这样别人才会愿意和你聊。”为了留住那些粉丝，这些“套路”成了必备。

直播是一个激烈的行业，尽管同样是主播，主播之间也会有交流和学习，不管是明里还是暗里。有不少主播都会用小号去观看其他的主播都在直播些什么内容，点开小梦的关注列表，里面显示了她只关注了一个女主播——美美。当聊到这位主播时，她兴致勃勃地介绍美美本月在平台上排名第七（平台排名按每月主播收到的礼物价值来计算），这时的小梦就像一个普通小粉丝一样。

小梦关注美美是因为她觉得美美和其他排名靠前用博出位来吸

引粉丝收敛钱财的女主播不一样，美美是跳古典舞的，在直播时常常大秀舞姿，在小梦看来特别的优雅柔美。

小梦并不轻视那些衣着单薄的女主播们，但也不欣赏，“每个人的选择不同道路也不同”。小梦说：“我学不来她们穿那么少，我现在这样做自己就很好。”

当被问到一个月大概有多少收入时，小梦思考了几秒。每次直播人数过万的小梦和那些在直播平台排行榜前十的红人相比，粉丝人数依旧不算多，主播的收入也并不固定，小梦表示，她每个月直播的收入能维持在一万元左右。至于碰上她生日那个月，她的“守护”就会帮她刷很多的礼物，那个月她的收入几乎是翻了几番的。说到这里她很感慨，“有的有钱人真的是很有钱”“不懂有钱人到底怎么想的”，但同时她又表现得不太在意，因为重要的可能并不是他们怎么想，而是能赚到多少钱。

小梦透露，她偶尔也会和一些熟悉的“守护”一起出去唱歌吃饭，当然，她都会约上一两个她的好朋友一起，从不会单独赴约。

技术的进步虚化了虚拟和现实的边界，网络上的直播间如同一个虚拟社区，百无禁忌的互联网打破了诸多限制，人们被卷入了一个娱乐化的大众狂欢空间。利益驱使社区中的成员维持长期的互动行为，每个人既是分享者也是获取者，直播打赏这样几乎公开化的获利方式无疑是支撑主播们进行直播的重要因素，而通过打赏自己喜欢的主播来彰显自己的地位，和主播互动来获取关注则是用户获得的心理上的回报。

“自己其实很渺小”

凡事都是有两面的，在获得许多人喜爱的同时也难免会有些刺耳的声音。小梦的直播间里有拥护她的粉丝们，也会有说她“长得丑”“唱得难听”的，也会有一些不雅的用语。相比最初入行的小心翼翼如履薄冰，小梦似乎已经习惯并且看开了。一开始的时候，她也会去在意去排斥，当这样的事情日复一日地在上演，小梦渐渐习以为常，“如果有的人提出很过分的要求，你只要不接受就好了，不去看就可以了。”

两年的直播对她的意义远不止收获金钱那么简单，不论是在直播间还是在她的现实生活中，很多不愉快的事在她看来都有了不一样的方案和出路，以前那个在乎别人看法远远胜过听从自己内心的小梦在一点点地改变着。

小梦曾有过一个交往四年的男友，两个人可以说是郎才女貌，在众人眼中，他们绝对是令人羡慕的一对。原本是高中同学的他们相继上了大学以后，开始了一场距离不远不近的异地恋，两个小时的车程和不同的生活轨迹让两人渐行渐远。

小梦的男朋友对她做直播很是不满。对于一些出手大方的铁杆粉丝，小梦私下也会和他们交换微信号，这是主播们心照不宣地维持人气的一种方法。小梦的男朋友对她提过很多次意见，也时常会查看她和别人的聊天记录，尽管里面并无出格的对话内容，他依旧埋怨小梦每天晚上没空和他视频反而在直播间和别的陌生人互动。渐生嫌隙的两人见面的频率也越来越少，从一开始两周一次到两个月也可能见不上一次。

小梦察觉到了这个问题，但她也很无奈。“我做直播赚来的钱很多都用来给他买礼物，和他一起出去玩了，他也不想想我为什么做直播。”这样的僵局一直维持到小梦在男友的微博上发现了他和其他女生的亲密合照，第六感告诉她，他们之间的问题似乎比表面看上去更严重。

第二天小梦就买了车票去男友的学校，对她的不期而至，男友表现得“惊”远远大过了“喜”。后续的发展就像我们在日常生活中听说过无数次的狗血故事一样，在经过了一系列的质问、争吵之后，他们最终还是分了手。

那段时间的小梦整个人都是失魂落魄的，这是她的初恋，也是她倾注了无数心血的一段感情，她曾经以为他们可以一起携手走下去，尽管这个时间是未知的，但至少不会结束地那么仓皇不堪。表面上的她依然是一副大大咧咧毫不在乎的模样，但她还是忍不住向朋友们诉苦，念念不忘于这段她深知已经没有可能了的过去，那时候的她甚至悄悄问过自己：“如果他道歉并且表示想要复合，我还会原谅他吗？”答案是肯定的——“会！”

这段刻骨铭心的感情已经结束了将近一年，小梦的直播还因此停了一阵子。重提旧事，小梦并不想多说，偏了偏眼神，只说了一句：“不说这种不开心的事了。”

她有些激动地分享起了她前段时间认识的一个男生，个子超过一米九，是市篮球队的主力，两个人经朋友介绍认识之后也出去约过几次会，向来外貌至上的小梦居然主动结束了这段可能会有什么后续的故事。她坚决果断地说，这个男生因为从小外貌出众，思想很简单也很肤浅，自幼身边不缺美女环绕，对待感情很是随意，在他眼中，恋爱如同玩乐，这样的人不值得她去付出真挚的感情。相比之前恋爱中的优柔寡断，这一次她潇洒地及时止损。

“因为看得多了听得多了就会发现自己其实很渺小。”在直播间这样一个相对封闭的虚拟空间里，可能小梦就是中心，但出了直播间，其实大家都一样。听了很多别人的故事，其中有的温馨动人，有的光怪离奇，小梦发现恋爱并不是生活的全部，失恋也不过是生命中一个再简单不过的插曲，不再纠结于个人的小小世界可能是她心态上最大的改变。

未来不远

被问及如何支配每月不菲的收入时，小梦一开始表现得有些难以开口，她扯扯自己的T恤和短裤，表示这些衣服其实不贵，都是她淘宝买的，她爱在淘宝上买很多衣服，但大多都不贵，单价不会超过百元，化妆品护肤品之类的虽然贵但是消耗的也不快。她日常支出最大的部分还是在娱乐，开始做直播以后，她认识了不少直播圈的朋友，主播们不时会一起聚会：“这样的聚会总要请几次客，吃饭唱歌喝酒都是一笔很大的开销，而且玩到很晚回不了学校就只能住外面，又是好几百。”这样的聚会一个月两三次就几乎去掉了小梦收入的大部分。对她来说赚钱很快但花钱同样很快。

小梦并不会大手大脚地花完全部的钱，每个月她会存下一部分钱。对她来说，直播并不是生活的全部，更直白地说，靠直播赚钱并不是她想要的生活。她明白直播并不能成为一个长期的职业，直播圈就像娱乐圈一样，是一个“以色侍人”的地方，很少有人能在这个行业长期火下去。

她想要重拾的工作是做成衣，不是去广州外贸批发市场从一大堆令人眼花缭乱的淘宝爆款中挑拣，然后靠着铺天盖地的买广告和后期修得失真的预览图来冲销量，小梦想要自己设计衣服。说到这里她有些严肃又按捺不住激动，她想要出品高质量的设计款，可能数量不多，几周也出不了一两款，但每一款衣服一定是她精心设计的，从版式设计、布料挑选、打版、出成衣……每一步都有她自己的汗水在里面，由她一手孕育和浇灌。

小梦并不是空想，她甚至已经联系到了合伙人，一个和她要好的朋友——阿豪。阿豪从大一开始做以男装为主的复刻潮牌的生意，尽管和小梦的代购一样，他们都是作为中间商问上家拿取货源，但阿豪从中赚取的远远要多于小梦。

两三年下来，阿豪的男装生意已经很稳定了，也有了一定的积蓄，阿豪便想着向女装市场进军，毕竟女性市场拥有强大的购买力是人尽皆知的。两个人想要共同联手，小梦可以凭借自己良好的人脉关系和依托直播平台做推广，阿豪可以凭借长期和厂商的合作生产的经验来把控车间的制作环节，而对服装和设计的喜爱则是他们的共同爱好，优势互补的两个人，未来的蓝图似乎已经在眼前展现。

后记

现在的小梦身上杂糅着历经沧桑的风轻云淡和对生活充满干劲的一腔热血。

退出了直播间的小梦和每个普通的大学生一样，会在期末熬夜复习为考试忙得焦头烂额，会在朋友圈毫不掩饰地分享自己的减肥“事业”，会和歌唱社团的朋友一起出去唱歌。除了偶尔发布的直播平台招揽主播的广告，你几乎发现不了她在做主播。直播并不是她生活的全部，学习上课，吃喝玩乐，一样在淘宝上购物，一样夹着人字拖来来往往，一样素颜在大排档吃烤串，直播仅仅是一天中的1/8，又远远不止这1/8。

2016年，一系列针对直播的政策和行业规范先后出台，监管加强，但作为井喷式发展的新兴产业，野蛮生长的网络直播依旧空间巨大，《中国新媒体发展报告（2017）》预计2020年将涨成千亿级大产业。

短短十年光景，直播以一种极具侵略性的姿态在融入我们的生活，越来越多的人开始涌入直播这个行业。

有人尝到甜头，也有人悻悻离开；有人搔首弄姿，也有人静静歌唱；有人默默接受了这个行业背后的潜规则，也有人依旧负隅顽抗；有人摸不清前路，在迷雾里莽撞地打转，但小梦却清醒地做好了规划——等攒够了创业的资本，她就会跳出直播圈，去做她真正热爱的设计。

年轻而新鲜的网络直播不过是现实社会的小小缩影，而小梦也不过是直播行业崛起的十年中渺小的一部分，直播世界投射出的是社会的光怪陆离和尘世百态，你无法去定义好坏，正如你无法用几个简单的词去概括这个暧昧复杂的社会，你能做的只有去了解去触摸这一你无法忽视的新生力量。

（文中人名均为化名）

（文/陈书易）

初生的世界没有绝望

“看！”她把一张照片翻出来给我，照片中的她嘴角弯起了一个很大的弧度，一身整洁的蓝白相间的校服因为她的大动作而挂满了褶皱，漫天的粉白色雪花在她右手紧握着的一支圣诞喷雪的喷口前收成了一个没有轮廓的喇叭形状。

“深圳不会下雪，我给自己下了一场雪，真是创意”，她笑得洋洋得意。这是大雯，一个出生于2001年的小姑娘。

我小时候很乖

大雯小的时候，父母忙于工作，能照顾她的时间比较少，小小的大雯竟然自己打理起了自己的三餐，说到这里的时候，大雯十分豪气地回了一句：“是啊，白饭配橄榄菜。”这橄榄菜，来自大雯的家乡潮汕地区，只用橄榄和芥菜腌制而成，“我觉得超赞！超好吃！

每次橄榄菜吃完了就赶紧买，现在还特别喜欢呢。”

说起小时候的自己，大雯用了“纯真”和“美好”两个词来形容。“我那时候喜欢玩芭比娃娃，给它缝衣服……”大雯微微扬头，脑袋朝一边倾了倾，继而哈哈大笑，“不过就是随便缝一缝，打个结就完了。”

“我还记得当时幼儿园老师拿了我的剪纸书不还给我。那老师姓吴！满脸痘的！我问她，她居然说没看见我的剪纸书，我明明后来还看见她拿着呢！”笑了一阵，大雯又愤愤不平地说。

尽管小时候的回忆已经变得零零碎碎，大雯一说起来还是满脸欣喜，“挺怀念那个时候的，我记得我以前特别乖，现在越长大越有脾气。”

大雯还有一个比自己小三岁的妹妹，一直跟着爷爷奶奶在老家生活，姐妹两个见面的时间不多。“我记得我那时候在上幼儿园，我妹来深圳，那天我放学，她和我爸去接我。然后她一看到我就在那喊：‘姐姐姐姐……’，我那时候老开心了。”大雯一脸自嘲，笑意却不自觉地从眼里溢了出来，“如果她现在也这么喊我，我一定想着我不认识她。”

2010 年，大雯的妹妹被父母接到深圳一起生活。说起来，这姐妹两个绝对是亲生的，都是倔脾气。平常如影随形什么事都一起做，可是一言不合的时候连架都能打。

“我们会打架的。有次她跟我抢东西，我就跟她打了一架。”说起跟妹妹打架的光辉历史，大雯语气里又充满了豪情，“因为这事后来还被我爸打了，手上的伤疤到现在还在。陪伴了我有十年的伤疤了。”

每个小孩多多少少会有被父母体罚教训的时候，大雯自然也不例外。不过在她的脑海中，因为犯错而被爸爸打的记忆也因时光的流逝而模糊了，除了那一次和妹妹打架，“记忆最深刻的就是那次了，毕竟有个伤疤永远不会忘”。另外，父母工作的繁忙让大雯产生了误解。“以前都不理我的，”大雯笑道，谈起自己手上的这道疤，她又嗔怪起爸爸来：“他才不后悔呢，他都忘记我手上有伤疤了。”

白血病是啥

2014 年 9 月的一天，大雯发烧，父母带着她到深圳蛇口医院就诊，却被告知孩子有可能罹患白血病，需要马上转到儿童医院。一开始全家人都不敢相信，直到在儿童医院确诊为白血病，大雯的妈妈终于忍不住哭了出来。

一个刚过完 13 岁生日的孩子，一个调皮捣蛋、活蹦乱跳的孩子，一个自小身体很强壮的孩子，却在突然之间被确诊为白血病。对于大雯的家人来说，这有如晴天霹雳一般，登时大家都说不出话来，只能任由眼泪无声地落下，转身还要扯出一张温柔的笑脸去面对尚不知情的大雯。

“一开始他们不让我看结果。”大雯回忆说，父母一开始并不愿意跟她说实情，只是告诉她要住几天院。听到要住几天医院，大雯已经知道事情不简单了。“可惜，脑子这个好东西竟然被我拥有了。”谈起自己当时的机智之举，大雯依旧充满得意。原来是有一天，趁着父母走开的空档，大雯拉开了病床边柜子的抽屉，从里头抽出了她的那张检查报告。

大雯说她当时并不清楚白血病是什么样的病，她一时之间想不到这种曾经的不治之症、当时也不是百分之百能治愈的病给家人带来了多大恐惧，更不会想到即将到来的充满痛苦的治疗让家人多么心疼和担忧。

“我就一直问他们，白血病是啥？”面对着大雯纯澈的脸，父母的心一再地被某只无形的巨手狠狠地攥紧，“我现在能体会他们那种心情，肯定针扎一样疼。”大雯自己感叹道。然而就算心再疼，大雯的父母都只能强忍泪水，劝慰大雯配合治疗。

“当时我还偷乐，太棒了，不用上学了。谁知道，一住就是一年。”

什么时候回家

治疗开始了，三个人一间的病房，蓝白相间的病床，蓝白相间的被子，蓝白相间的病号服，大雯的世界似乎只剩下蓝和白两种色彩。同病房的孩子年龄比大雯小太多，大雯没有玩伴，只能去跟附近病房里年龄相仿的孩子玩，但事实上，他们相处得也并不是很融洽，大雯依旧一个人。“医院里好无聊！”大雯闷得很难受，开始想家。

“哭过也闹过，一直问什么时候回家。”大雯闹着要回家，越闹越凶，父母苦苦劝慰，有时她也不听。为了让大雯好好在医院治疗，父母答应了大雯的一切要求。“那段时间爸爸妈妈对我很好，就是他们有的他们都给我，毫无保留。说起来也很感动。”

新年、圣诞节、元旦、儿童节……这一年里，所有节日大雯都是在医院里过的。

2014 年除夕，家家团圆吃年夜饭的时候，大雯还在医院做化疗。那时候白细胞指标过高，需要输血，而血库里的血却不够，只能等着。大雯的妈妈安静地在床边守着，心里却是急得不得了。“那年除夕，啥都没吃。”

在消毒药水味和蓝白两色中，时间一点一滴地流逝，转眼进入 2015 年夏季，医生终于答应让大雯回一次家。闹了半年多，终于可以回一趟家了。

“两大碗饭狂吃。虽然很多东西都换地方了，但家对于我来说，还是那么温馨。回家的感觉真好。”

2015 年 8 月，大雯病情恢复稳定，在医生的建议下，大雯出院了。在这个地方待了近一年，每天闻着消毒药水味，每天看着白大褂在自己面前晃来晃去，每天掰着自己的手指头自己跟自己玩，大雯在踏出医院的那一刻，重重地呼出了一口气：“终于解放了！回家了！”

我不要面对死亡

在医院的那将近一年里面，大雯的病情反反复复，化疗一直没能停下来。有一次她因为感染发烧而昏迷不醒，一家人在重症病房外守了整整一个晚上，妈妈一想起那些曾经跟大雯聊过天、却最终无法逃脱死神之手的孩子们，眼泪就如断了链的珠子一般止不住地往下砸。

“爸爸妈妈怕我真的就这么走了，所以我怎么样他们都忍受。”大雯眼神里略略透着些坚毅，“所以就算疼，我还是会配合治疗。”

五次大疗，无数次小疗，大雯自己根本数不清打进身体里的药。一次又一次地感染，一次又一次地吐，可是大雯从不退缩。

“我很喜欢静脉注射和抽血，因为不疼。”大雯说得轻描淡写，一脸傲然。即使在长时间病情一直反复的情况下，她都没有想过死这件事，更从未觉得自己是在面对死亡。“我觉得死亡这种东西对我很遥远，我活得很好不需要面对。”这样坚强的大雯，让家人感到无比欣慰。

不过就是这样坚强的大雯，却对骨髓穿刺术有些头疼。“拿针活生生扎到人家骨头里！虽然一点都不疼。”大雯又是一副傲然的俏皮神情，蔑视着她曾经遭受的这些，但是在家人的眼里，每一次做骨髓穿刺对大雯来说都是巨大的痛苦。

随着化疗的进行，大雯也开始严重地掉头发，妈妈想帮她把头发剃了，正值青春期的大雯坚决不让妈妈剃头发，母女俩为这件事争执不下，最后是大雯的爸爸特地买来了假发和帽子，软磨硬泡，大雯才答应把头发给剃了。起初这帽子和假发确实有用处，不过到了后来，大雯都已经懒得戴了，直接光着头就见人了。只不过曾经没头发的事还是让大雯至今都念念不忘，“没头发很丢脸！”

庆幸的是现在大雯的身体已经无大碍，只需要定时回去医院做检查。2016年9月，出院休养了一年后的大雯终于回到了学校，朋友圈发了一批又一批的自拍，全是她和同学们的笑颜。

“经过这件事，我知道我爸妈挺爱我的。”大雯咧开嘴，“不过，我觉得它只是我生命中的一件小事，我并不需要怎么在意。我现在还是一如既往地在自己应该在的位子上做自己想做的事。”

苏格拉底曾说：“自愿的人在忍受苦楚的时候，受到美好希望的鼓舞，就如打猎的人能欢欣愉快地忍受劳累，因为他有猎获野兽的希望。”正是大雯充满着对病愈后恢复正常生活的期待，她在面对病魔时才能如此坦然。并不是因为她对生命有着多么透彻的理解，而是因为她孩童的懵懂，并不是因为她懂得置之死地而后生，而是因为，初生的世界，没有绝望，只有绽放。

（文中人名均为化名）

（文/赖尔曼）

绕了两百公里的“两公里幸福”

有时候，她觉得自己是孙悟空，艰难地去西天取经，一路沿着光线向往终点的幸福，但她没有打开背后的背包，因为她清楚，里头什么都没有，有的只是她对这个背包的虔诚信仰。

“当幸福来敲门”

她是广州市孤独症儿童服务者协会副会长，也是一个自闭症孩子的母亲。

十五年前，杨红走出中山三院的门口，眼前黑乎乎一片。她还记得会议室在七楼，眼前的中山三院像是巨大的黑洞，夺走了指引她未来的光线。马路上车水马龙，刺耳的鸣笛声如雷贯耳，医院里嚷闹的人群相互推挤着，急急忙忙的走动声，护士大喊排号的声音，空气中弥漫着消毒水的味道。顷刻间，她感觉不到这一切了，从医生确诊孩子病情那一刻开始，她眼前的世界是灰色的，静止的。这是属于她自己的时空，逃脱不了的悲伤一痕一痕地烙印在她身上，宛如饕餮般疯狂蚕食她的内心。

她想，就这么从七楼跳下去，免了余生的痛苦。所幸，她的丈夫抱住了他，“老婆，先不要想这么多，我们要对孩子负责。”

十五年后，艳阳光照，微风拂过，草地发出呲呲声，白云肉眼可见地移动，房屋鳞次栉比地排列。明澈的大海，观光船划过，两边是大山，船上的人愉悦地享受这番美景。

12 天内她发了六条朋友圈，比如“分享新西兰海边城市的美景”“今天去的小镇景色美极了”。其中有张照片背景杂乱，构图随意，没有虚化，光影到处乱窜，连主人公摆拍的手势都是过时的剪刀手，但任谁看了也知道，这是一家人。

蔚蓝的天空和绿山融为一体，不远处还有片湖水。杨红牵着男孩，背后是她老公张开双臂护住两人的肩膀，倚着木桩戴墨镜摆拍的那个男孩子，正是她儿子。在他们脸上洋溢着满面春风，其乐融融令人羡煞。没人知道这个家庭的背包里都装了些什么东西，又装了多久。

一切皆苦

杨红是客家人，出生在番禺市（彼时番禺还未并入广州市），她从小皈依佛教，乐观开朗，骨子里有着客家人的勤劳热情，但是她不满足于一辈子生活在家乡，“当时我想要出去见见外面的世界，感觉人活一生，可以不拥有什么但一定要经历什么，这是当时我的想法。”1988年她考上了大专，但是家庭矛盾在此时爆发了。

父母不允许她读大专，“我的父母只给我留了两条路，要么嫁人，要么出门打工。”在父母的观念里，女性的职责便是在家养子，这种观念根深蒂固地结在杨红父母那一代人身上。她见过一些女性朋友刚成年不久就结了婚，有了孩子，每天早起含辛茹苦地主持家务，似乎快乐或不快乐都没那么重要了，好像这样的生活已经是余生的缩影了。

“我不愿意嫁人，当时的我若是这样做了，肯定会后悔一辈子的，而且我对自己很自信，相信自己可以把所有事做好。”杨红回想起来，那是影响了一生的选择。

在没有资源、没有人脉的背景下，杨红只身一人前往广州市寻找工作，可是她没有自己的房子，只能往返两地。那个年代也没有地铁，所以只能搭乘公交，这一搭就是三个小时，每天有六个小时都在路上。她做过餐饮店的服务员，“因为家里离车站比较远，我就骑着家里那辆单车过去，然后放在那里，每天都挂念着单车会不会被偷。”

但是杨红只坚持了两个月便离去，这样的工作没办法满足她。于是她试着去饭店应聘，那是位于海关大楼附近的高级餐厅。还没跨进餐厅，经理拒绝了她，“你身材矮小，也不够好看”。

“那时候我真的很寒心，有那么一瞬间失去了希望。”后来她去了发廊学习，在广州市租了一间房子。2001年，她和黎恺结了婚。黎恺的出现让当时的她坚信，生活终于有了翻天覆地的改变，曙光近在眼前。“我是一个客家人，来到广州，嫁的老公很帅的，身高1米78的老公，又小我3岁。”杨红33岁才成家，这在当时来讲是少见的。

2002年，儿子黎峻铭出生了。她也开始有了自己的发廊，前几个月有些亏损，但渐渐地有了盈利，老公在老板的帮助下合伙开了一家游戏公司。

2004年的一天，杨红像往常一样早早拉起门帘准备新一天的工作。午时，她在帮一位医生打理头发，医生看到她儿子有些异于常人，建议他带孩子去中山三院看下医生。

最终被确诊为自闭症。“当时我非常崩溃，差点在中山三院抱着他在七楼想跳下来。”

丈夫给了她莫大的支持：“老婆，先不要想这么多，我们要对孩子负责。现在马上就找机构进行训练，我们先听教授的，抓紧时间。”

重建、自洽

几天后，他们找了一家自闭症患者训练机构——小天使。这家机构每个月花销高达2000元，这在当时是一笔不小的数目。丈夫也还在创业前期，投资远没有那么快可以看到收益，为了维持这个家庭，杨红仍要经营她的发廊。

黎峻铭去到机构不到两个月就“啊”了出来，重新发出了声音，这让杨红有了些心暖。但是过了几个月，杨红觉得效果不明显，想走，但这一走就没办法回这机构了，机构对所有家长是公平的，还有这么多自闭症家庭需要帮助。杨红坚决离开，又在接下来的半年里换了几家机构。

但这样的做法是有害的。孩子需要陪伴，需要教，你有没有自己带他？医生的这句话警醒了杨红，那一霎她就决定把这个投资20多万发廊卖掉，卖了5万，然后自己亲自带孩子。

黎峻铭属于自闭症患者中较为严重的类型，一刻也静不下来，杨红没法抽身做其他事。起初两个月，杨红是接近崩溃的，整个人精神恍惚，黑眼圈浓厚，皮肤苍老了仿佛好几岁，仿佛都快要把自己搞自闭了。

正当杨红处于精神崩溃的边缘，丈夫黎恺伸出了手，将她拉回生活。

他和杨红去了一家心理培训机构，正是这七天的课程，改变了杨红。“自那以后，我落地了，踏实了，平静了，满满的正能量，满满的信念，满满的目标。”

在《十三邀》里，许知远和李诞有这么一段对话。许知远：“我不信仰宗教，因为我不信人可以充分地自洽。”李诞：“但这世上确实有些人会自洽，活在自己的逻辑体系里。”许知远：“自洽都是自我欺骗、自我麻醉。”李诞：“那像你这样对自己的麻醉也是挺好的。”

因缘和合

“如果你生下了这个孩子，你就不能一开始想着生二胎或是抛弃他，这是不公平的。我一定要对孩子负责，尽心尽力地照顾他，这才是一个家长所该坚持的目标。”

2016年，杨红认识了广州市孤独症儿童服务者协会的区会长。她带着14岁的孩子参加协会举办的“星友伴跑”活动，许多志愿者在猎德带着自闭症孩子跑步。“刚开始我儿子走三步跑两步，最多肯跑两圈，后来从一公里到两公里到三公里到五公里，他现在基本都是一口气跑十公里。”杨红陪孩子跑了四公里，因为高血压不得不停止。

现在黎峻铭正在上职专，在学校里也有几个好朋友。杨红还会教孩子做家务，带孩子学绘画、手工、街舞，每天每周每月都要设定目标，不怕慢，但一定要坚持到最后。有次采访过程中，她临时接了个电话，“不行，我要换个老师，他都不会教我家孩子，老师一定要定一个目标，一周内要学会多少动作，也不能因为我孩子是自闭症就随便编舞，我是很严格的，做到了我才会付工资……”

就这么跑过了两年，这些孩子已经可以参加“半马”了。2018年11月份，他们带着这些“来自星星的孩子”参加了韶关举办的21公里马拉松比赛。区会长做了五六年机构，认识杨红后才觉得一个家庭是真的可以把自闭症孩子带好，他邀请杨红当协会副会长，杨红接受了。她不仅组织协会举办的活动，还用亲身经历引导更多的自闭症家庭。

“我分享过很多次，每次都有一两个受到帮助。我很想把我的正能量带给他们，叫他们不要放弃孩子，因为哪怕生二胎，他也不是你的累罪，他是你的宝贝。”

“目标”和“正能量”是两个在她语言里出现最多的词，协会会长说，不仅仅是这个协会需要她的帮忙，社会上这些自闭症家庭也需要她的引导，“我即将卸任了，但我希望可以让更多自闭症家庭听到她的声音，社会的帮忙始终还是外力，家庭是根本。”现如今的政策和医疗手段不足以拯救更多的自闭症家庭。

我随杨红走进家中，和她的孩子黎峻铭试着打招呼，孩子没有理我。“他现在还不习惯和陌生人说话，我还在努力改变他这一点。”她家的室内布置让整个房间显得有点小：有一个巨大的杂物间，墙壁上贴满佛经，在客厅一角布置着请来的佛像，佛像的前面还整齐地摆了水果和香烛。她是十分虔诚的佛教信徒，从儿子学会写字就开始要儿子抄写心经，每天也会让儿子给佛像磕头。

这个家庭绕了两百公里，才坚持走到了今天。区会长说，自闭症家庭能做到杨红一家这样，实在少数。在墙壁上的合照背后，我看到了一个背包，支撑着他们。

自闭症患者的就业一直是社会上难以解决的问题。在黎峻铭将要从职专毕业前的这两年，杨红着手准备启动资金，动员社会力量，汇聚更多的自闭症家庭，教会自闭症孩子更多的技能，让他们可以在特定的店铺里工作。

能不能实现这一点我们无从得知，唯有期待。就像她所说的：“幸福的点就在那里，可能它离你只有两公里，但即便是你走两百公里，最终达到才是目的，幸福有重量吗？幸福就是幸福，它等你很久了，你没有理由停下来。”

（文中人名均为化名）

（文／裴鑫）

Chapter Ⅳ
船上的人

小旭老板

南方入夏就阳光耀眼，晚上六点小镇的太阳迟迟还在天边，挂成一个妖艳的样子。而我就在这个点踏进小旭的小作坊，两张大大的桌子上方有两把吊扇，咿咿呀呀，大概是在抗诉进入初夏以来的高强度运转，而此起彼伏的是小旭那台“哒哒”作响的缝纫机。机器旁边是一套讲究的茶具，茶水颜色接近褪尽，淡淡的，和天边赖着不肯走的红光形成反差。

作坊

这里是小旭的厂子，其实倒不如称为他的家庭小作坊，远远没有一般厂子的规模，只有两间老平房大，这是小旭父母三年前用十万块买的，阴差阳错之下小旭成了本地一个年轻的内裤生产线小老板。

村子向来都很静，汕头在改革开放中被落下，而小镇处于汕头和揭阳的交界，还带着与沿海地区不符合的未开发气息。时代劳动密集型产业正在宣告危机，而这里哒哒的机车声却是在这几年才逐渐开始响起的，不过有机车就代表着有工位，人们对此还是稀罕的。

小旭从谷饶镇进货，谷饶人称“内衣之乡”。20 世纪 80 年代，内衣生产线在这里已经成型，从原料到加工，谷饶每年的文胸产量达到了全国产量的 12%。遍地都是自家盖的小楼房，红底金字，写着“某某内衣厂”，角落写着小老板的联系电话和传真，厂子里随处都是内衣内裤的边角料。

小旭大概要骑半个多小时的摩托才能到这里，取完货的他盯着那块牌子摇摇手腼腆笑，“不不不，这么闪的招牌我盖不得啦”。

确实，村子里只有两家厂子，一个上百人的文件袋生产厂，门口有条凶悍的大黑狗，每天载货的大卡车要来惊动它两回，女工们汗流浃背地填满那个似乎永不满足的大卡车。轰隆隆的机车声每日准时在村口响起，仿佛在昭示着这里已经跟随上工业化时代的步伐。

另外一个，就是小旭的小厂。约二十个老姿娘（潮汕地区对于上了一定年纪的妇女的称呼），加上寡言的小旭在旁边乖乖地听她们边喝茶边讲古，从菜市场结束到广场舞开始，从孩子上学到放学，女人们聚在一起总有说不完的话。鲁嫂走之前强调说，“旭这里好啊，我现在想回家炒个菜就可以回去炒菜，别人家厂都不行的咧。”

小旭虽然十几岁就辍学，但他并不是什么坏小孩或者是小混混，家里排行老二，他四平八稳地长大，四平八稳地升学和辍学，四平八稳地在各种厂子流转，似乎没有存在感。

和村子里的许多男孩子一样，他没去上高中，成绩不够支持他对求学产生任何展望和兴趣。初三后的夏天，16 岁的他其实没什么太多的想法，几件衣服收完之后，就到广州一个玩具加工厂打工来了。十几个小时的流水线，男孩也不觉得苦，只是觉得厂子里的辣椒放得实在是太多太重，青春期的他在辣椒和机车尾气的攻击下立马爆了一脸痘。

流水线上，连空气都是沉默的，十几岁的男孩就像那台缝纫机一样机械地重复着手中的动作，没有人在说话，手里的材料回回转转。因为为了计件，就像是和时间赛跑一样，他们恨不得肩膀上突然长出几个幻肢，月底才能荣获“车间第一快手”得到附加的两百块。那样的空间，宛若一个庞大的蒸笼，蒸发着男孩们的每一个欲望和每一个想法。

芭比娃娃

车间里的男孩大部分时间都光着膀子，汗水在拥挤的空间中蒸发、升腾，在空气中折腾着人的心智。小旭经手过一笔芭比娃娃组装的货。新进的男孩们本来对于裸体的娃娃，脸上露出异色，不知道该用害羞还是兴奋来形容，那就是一种异色，青年人独有的异色。他们议论纷纷，调侃成为灰头土脸的车间难得的一抹小轰动。而老工人们看着他们，嘴角仅仅只是淡淡的疲惫的笑。

但是，再怎么黄金比例的娃娃，在男孩们手里没两天已经失去了原来的羞涩与不自然。没有头的芭比娃娃，组完身体，一个工钱一分，扔到身旁的篮子里，晚间总有人来收走它们，而第二天又是一大堆全新的胳膊与腿，在等着他们组成一个个完整统一的身体。

小旭偶尔也会想世界上哪有那么多的人玩芭比娃娃，做了这么多卖给谁呢。车间里有人告诉他卖给美国，美国孩子天天就只抱着个芭比娃娃，连晚上都要抱着娃娃睡觉的，一个美国孩子有一屋子的芭比娃娃。

而这样的佚闻成为小旭生活的一点调剂。他们通常在一天的工作之后回到宿舍躺着，小旭睡在上铺，天花板是灰的，他的手像是停不下来了，开始掰着脸上的青春痘。

2009年他有一个翻盖的诺基亚，里面的游戏只有贪吃蛇和俄罗斯方块。没半年他已经把贪吃蛇打通关了，在做完数千个数万个芭比娃娃之后，小旭就已经完全适应了那种外地人的辣，青春痘也没有了刚来时候的那种嚣张与阔气。车间的时间流动是奇妙的，时间的计算是按芭比娃娃的产量算的，或者又是按贪吃蛇通关数计算的。

车间是安静的，也是汹涌的。车间的安静源于男孩们为二百块而争抢手速，而男孩们的轻狂与冲动又在空气中汹涌流动。意外地，安静的小旭被卷入一场汹涌之中。

年轻男孩子的口角在事后回忆起来显得特别幼稚和可笑，“当时我，就像是杀红了眼一样，”小旭说，“也不懂，怎么会有这么大的怒气，这辈子也没那么气过。”小旭的第一部诺基亚在磕到对方的头部之后也离他而去。

被辞退后的他突然就动了一个想法，打算给家里的表妹买个芭比娃娃，到两公里外的沃尔玛，拿起包装精美的盒子，“199！我做一个才一分。”

此时，小旭已经把作坊的货都整理完，最晚走的鲁嫂也要赶着去八点钟的广场舞，茶渣被他倒在了门外一块显得比其他地方都要深的板子上，见我疑惑他解释，“待会蒸发得快，明天有阿姨要收这个茶渣做枕头的。”

静姨和鲁嫂

小旭离开玩具厂后，去了东莞大岭山搬水泥，再去谷饶内衣厂做技工，又去了和平县和朋友搭伙卖奶茶，再回到小村办内裤小作坊，他其实也就26岁而已。但是大家热爱对他催婚。车间的大妈来自左邻右舍，年龄基本超过四十，是爱操心又没地方可操心的年纪。

静姨家里小孩多，她当家庭主妇惯了，但是从前年起，三个女儿陆续外出读大学，儿子又进了寄宿高中。从嘻嘻哈哈鸡飞狗跳到家里仅仅剩下自己炒菜开电视机的声音，静姨闲不住，成了小旭作坊的第一代老员工。

自此，要看六集连续剧才能度过的下午，变成了三轮潮汕功夫茶。作坊里的时间也很奇妙，仿佛是拿潮汕功夫茶来计时的，三盏茶喝完，意味着要回家升起袅袅炊烟。静姨有意思得很，她的工作规律活像一个上学的小孩。孩子放暑假了，静姨来得就少，一开始静姨很不好意思，但是小旭摆摆手，不让静姨为难。

小旭这里基本不赶货，如果活真的多得忙不过来他会自己动手。年初订单多，到了中秋后淡季来临，货源并不够分。但大家还是乐意往他那儿跑，鲁嫂就是这个时候来的，鲁嫂话多，可能是因为上了年纪，手工活儿并不算好。

小旭是一个一个亲自教的，她们其实只需要做一个简单的加工而已，因为是一次性内裤，所以他们要用到一种类似于双面胶的特殊胶布，把内裤贴合起来。虽然工序简单，但是做得工整漂亮对眼神不太好的长辈来说有点费劲。

鲁嫂磕磕碰碰学了一整个淡季，废了不少小内裤，小旭也不催她。鲁姨会张罗，会来事。她一来，作坊就热闹起来。鲁嫂当年是从桂林嫁过来的，本来在村里没什么朋友。但是二十几年下来，她的潮汕话已经流利到可以在菜市场砍血价，功夫茶她也是喝得最勤，从早到晚，家里的茶炉咕咕噜噜地冒着水蒸气就没停过，就像她一整天嘴里突突冒出来的话一样。

从孩子的教育聊到婆婆的要求，从村东的王五聊到村西的李四，翻来覆去，芝麻大的事情到鲁嫂的嘴里都被镀上了幻彩一般有意思。小旭在一旁偶尔听着，偶尔骑了摩托送货进货，偶尔也一起喝滚烫的功夫茶。“几年前我不喝茶的，嫌苦，睡不着，”小旭说，“现在习惯了，不喝反而难受了。”

鲁嫂把她参与的村史上下二十年都涉足了一遍，突然有一天她开始着手起小旭的婚姻起来。这一着手，小旭的婚事顿时成了厂子里最大的舆论中心。“26 岁了啊，当年我家老三都出生了，怎么连个女朋友都没有着落”，鲁嫂手里麻利地将内裤翻了个身，“旭啊怎么还不找啊，不行你鲁嫂给你介绍行不？”

小旭的脸就像是喝了沸腾的功夫茶一般涨红，他急得很，推手说不要。他越害羞，阿姨们就越爱调侃他，某些上了年纪的女人似乎都有想做媒人的强烈兴趣，而鲁嫂在这方面更是冲在最前头。小旭慢慢地学滑头了，他假装听不懂，一句两句地把大家的话题绕了过去。

其实小旭不仅仅女朋友没着落，朋友也都七零八落。

空村

村子里其实空了一半。小旭是这个年纪屈指可数的还留在村里的，无论是外出求学，还是到大城市打工，越来越多的人离开小镇，只有在逢年过节的时候才有一点人气。小旭能找到的同龄人着实不多。

小旭平时奔波着送货，偶尔在不赶货的夜里去和中学时代的朋友喝点小酒。更多的时候，他一个人窝在家里玩手机游戏。“什么都玩，王者荣耀也玩，开心消消乐也玩，就打发个时间呗，我不沉迷这种东西，几年前还喜欢玩游戏，现在也觉得没有什么意思啦。”

除了送货之外，小旭还给大家拿快递。小镇这几年发展得极快，小作坊里的阿姨们，从小心翼翼地拿到自己的智能机，到每天在拼多多上拼单抢购，似乎仅仅只需要几个星期。有时候小旭一天要到代取点帮忙拿五六个快递，“我教我妈怎么淘宝都学不会，不敢买，说网上都是骗人的，但是阿姨们聚一起马上就会了，可能真的是同龄人才会有共同话题吧”。

他们还有一个群，名字叫“后生仔和老姿娘们”（后生仔指的是潮汕地区男青年），小旭每天都会收到相当于正常普通青年二十倍的标题党文章——诸如“紧急通知！”“不转不是中国人！”，阿姨们兴致满满地，比催婚还要严肃百倍向小旭进行“科普教育”。

村子里空空的，静姨家和鲁嫂家也空空的，但是智能机满起来了，印着拼多多的快递盒也满起来了，就连机车的声音也都是满当当的。但是可惜它们都是冷的，只有小旭这里的作坊却是热腾的，微信群也热腾，阿姨们在这里找到情感的出口，这里就是热腾的。

静姨感慨说：“可能就有点像我很小的时候，那个年代大家都还是去河边洗衣服的，就一边洗一边聊天。后来我结婚待在家里带孩子的时候，十几年没有这么聚着讲话了，哎呀，现在可能是老了更爱……胡说八道吧。”

广场舞和架子鼓

村子响应加强基层文化建设的号召，就建了一个文化中心。文化中心前面是一个挺大的空地，是引入广场舞的最好场地。鲁嫂天天晚上八点必到这里，几年前跳小苹果，现在跳卡路里，她一直走在时代的最前沿。小旭在家里一刷朋友圈，可以一口气刷到好几个相同片段的小视频，热热闹闹，红红火火，他顺手都会给阿姨们点赞，并且还关注了鲁嫂的快手账号。

广场舞每个月十号比赛，鲁嫂就会组织大家穿上统一在拼多多买的队服，而小旭也在这一天发工资。他从来不拖不欠，还会听每个阿姨，将钱分为两份，一份打给微信可以给子女或者是网购，一份给现金可以买菜逛街。

我以为他什么事都安安静静的，但是他还有个低调的爱好，去看别人打架子鼓。“架子鼓是我 2017 年回家那时候发现的，他们在玩，我觉得很有劲，”他有点神采奕奕，“我的手，从出社会就基本没停过，我看他打架子鼓，不知道为什么就打到心里去了的感觉。”

鼓槌是武器，一下两下，节奏就起来了。机车是有节奏感的，人体是最强的节拍器，鼓是低调而疯狂的，像怒吼的小兽。鼓点会和人的心跳产生强烈共鸣，小旭爱鼓也是基于此。“其实我也讲不出来，可能就觉得像是说出了我自己吧，我小时候就不会讲话，长大了更不会，现在虽然可以自己挣钱养活自己了，可我还是不太会讲话，偶尔去看打鼓很放松。”

他也会常常觉得无聊和孤单，但是作坊是自己开的，阿姨们也都待他像儿子。“哈哈哈哈我可能提前步入中老年生活了，其实现在也没人想在家里过日子吧。”六点半起床十一点睡觉的他偶尔陷入迷惘中，但是很快地，新一轮进货出货的电话，就又推着他往前走。

后记

隐隐约约，文化中心的广场舞伴奏可以传到这边来了，故意放得过大的热闹与喧嚣，是小镇小村藏不住的空旷与寂寥。全世界都听得到的声音，恰恰是大家都听不到的，或者是不愿去听的。有一代人在老去，在找不到空间，在失去声音。

小旭有个小作坊，满满地盈着阿姨们的中老年故事，这里有村子里最新鲜的秘密，有世界上最标题党的新闻，也有拼多多上性价比最高的茶具。日子在咕噜咕噜的开水中一点点地流淌，而无聊与寂寞，也因为一点陪伴在被蒸发。

——“小旭，请问你接下来对未来有什么规划吗？”

——“建更多的厂房和机车。”

——“你切实点。”

——“哦对！我承诺阿姨们这个夏天换个空调的。”

（文中人名均为化名）

（文 / 卢琳绵）

小法

今年暑假，小法照例没有回家，这是他在广州度过的第六个夏天。在目送完朋友一个个登上回家的公交车之后，他决定出去走走。八月的一天，他登上了白云山。在山顶，他睁大眼镜向西北方向眺望——那是家的方向。八月的广州骄阳似火，而此刻他的国家，战火纷飞……

人们平日里都叫他小法，在身边的朋友看来，他从来都是一个可爱的弟弟。16 岁的他，个子不高，一顶金黄色的卷毛，明显的双眼皮，笑起来微微的酒窝，一如既往的格子衫。他会一口流利的英语，汉语只会简单寒暄几句。学习汉语的困难反而激发了他对汉语的兴趣。2019 年秋天，他开始在华南师范大学主修汉语言文学专业。他痴迷于中国博大精深的传统文化，因为中国与他的祖国一样都有着悠久的历史。因为爱笑，他结交了很多朋友，朋友们都戏称他为“欧洲小正太”。

这个爱笑的男孩是纯正的叙利亚人。

“9 · 11 事件”那年，在欢笑与啼哭声中，他来到人世。

人生没有多少个十年，小法的第一个十年是在塔尔图斯本土度过的。它位于叙利亚西部，坐落在地中海沿岸，是一座不起眼的小城，但或许正是它的渺小拯救了自己。相较于叙利亚首都大马士革和最大城市阿勒颇，塔尔图斯人民享受到了前所未有的和平与宁静。

小法的祖辈都是传统的伊斯兰教徒。相较祖辈的保守，小法的父亲则显得开放得多。他书读得不多，父母亲劝他留在家里帮忙种植小麦，但海边长大的人特有的开放让他冲破了传统农业世家思维的束缚。他决定，到北边镇上去挖矿。但是瘦小的身躯根本承受不了高强度的井下工作，没过一个月他就逃离了矿场，灰溜溜地回家种小麦。

父母悬着的心也终于放下了。但是他并不甘心，他有手有脚，他不想一辈子把自己绑在农田上。他一直伺机逃离，直到有一天，族里的一个人告诉他中国遍地黄金，那里有廉价的布料和鞋子，很多“下海”的人都赚到了大钱。这是他人生头一次听到中国这一名词，他赶忙跑到学校里面，因为那里的公告栏上有一张世界地图。好大的国土面积啊，这是中国留给他的第一印象。终于有一天，他瞒着父母，跟着族人登上了开往中国福建的货轮……

改革开放后的中国爆发出了巨大的能量，20 世纪 80 年代后开始的城镇化高歌猛进，借助先富带动后富、集中力量办大事的发展思路，大城市迅速崛起。1992 年市场经济体制的改革更是大大解放了生产力。20 世纪 90 年代末 21 世纪初，依靠着巨大的人口红利，以纺织业为代表的加工制造业蓬勃发展。服装、布料、鞋子等以低廉的价格涌进国际市场，给中国人带来了无限的财富。同时，“淘金者”也纷至沓来，来自非洲、东南亚的水客往来于广东、福建、浙江等地。谁都不曾料想，中国的经济发展成就了一个普通叙利亚人的财富梦想，同时改变了一个叙利亚家庭的命运……

小法的母亲是个传统的阿拉伯妇女，她在男尊女卑的社会环境中成长。自然没上过学，从小就在家里帮忙干活，挑水煮饭是她童年的全部。但是她并没有怨言，因为她觉得这是应该做的，无数的阿拉伯女孩都在与她干着同样的事。她没上过街，没有玩伴。在那孤独而漫长的岁月里，她的精神依托除了先知，还有学习。夜幕降临之后，忙完一天的她总喜欢拖着疲惫的身躯到弟弟的房里，让弟弟教他写字和计算。无数个漆黑的夜晚是她童年与青春度过的最快乐的时光，黑夜带给她的更多是希望与光明。

终于有一天，父母觉得她长大了，该嫁人了。在媒人的牵线搭桥下，小法的父母终于走到了一起。男方是经商的商人，家底厚实。女方是村里数一数二的美女，他们走到一起并不令人意外。

小法的母亲不知道那个男人将给他带来怎样的命运，让她松了一口气的是，她的头胎是个男孩。一方面，传宗接代是家族的头等大事，她完成了她的使命；另一方面，如果是女孩，她并不希望女儿经历和自己一样的劳苦生活。族里的长者给这个爱哭的男孩取名叫 Fadi，寓意平安……

小法的童年并没有太多波折，6 岁他就跟其他男孩一样走进学校。继承了母亲的优良基因，他在学习方面展现了惊人的天赋，成绩总是班里第一。但在为数不多的童年记忆里，最令他开心的并不是其他人的夸赞，而是一台“made in China”的 14 寸电视机与一颗直径 22.1 厘米的足球。

在缺少父亲陪伴的日子里，电视机成为了他打发闲暇时光的重要工具，同时那小小的屏幕也是他认识外面世界的窗口。2008 年的一天，父亲终于有空陪伴在他身边一起看电视。在电视里，他看到绚丽多彩的烟花，那是他人生第一次见到这么美丽的场景，他在爸爸的怀里吵着闹着要爸爸带他去那里看烟花。

这一天是 2008 年 8 月 8 日，第 29 届奥林匹克运动会开幕式在北京举行。二十年的申办，七年的筹办，中国人用了近十年的时间了结心愿。“同一个世界，同一个梦想”，这是属于全球人民的盛会，也是全体中国人的骄傲。新世纪的八年里，中国经济飞速发展，GDP 年增长率稳定在 10% 以上，国际话语权逐渐提升，综合国力日渐提升。这是有数千年文化传承的中国，这是和平发展的中国。而这里的烟花吸引着万里之外，一个 7 岁的叙利亚男孩。

足球是他生活的另一半。每天放学后，一大群男孩都会跑到村里那块相对平坦的沙地上踢足球。没有球门，就用石头标记范围；没有球鞋，就赤脚上阵。小法在人群中总是那么引人注目，不是因为他的技术有多好，而是他的脚上比别人多了一双中国福建产的运动鞋。小法热爱足球，进不进球无所谓，他很享受自由奔跑的感觉，这使他在压抑的文化里感到前所未有的解脱。他并不希望自己成为电视里面看到的那些球星，只希望单纯地享受足球带给他的快乐。

这份简单与快乐陪他走到了人生的第一个十年。他人生的第十一年依然在奔跑，只不过是为了逃离。

2011 年 3 月，大规模游行接连不断，民众与政府冲突此起彼伏。大城市的枪声划破了塔尔图斯小城的宁静，战线步步紧逼小城。9 月末的一个晚上，小法的父亲决定不再整天提心吊胆地过日子了，举家来到了中国。

终于，在办好签证后，他们坐火车北上前往土耳其，在伊斯坦布尔坐飞机直飞广州白云国际机场。

飞机十几个小时后就抵达了中国广州，但是没有人知道他们多久才能回到叙利亚。

抵达广州后，小法为大城市的一切感到震惊，曾经他以为他所涉足的方寸之地就是世界的样子。当他被高楼包围，淹没于茫茫人海之间时，他生平第一次觉得自己如此渺小。他们搬进了天河区的一个出租房内。小法的父亲并没有打算在广州买房子，因为他随时都准备着回去，战争总该有结束的一天，和平总会到来。谁又能想到一晃六年过去，他们还在那里，唯一的变化就是房租翻了一倍。

广州，在经历 2010 年亚运会的洗礼之后又焕发了新颜。它是一个极富创造力与活力的城市，又是一个十分包容的城市。800 万农民工来这里打拼，无数年轻人追逐梦想而来。同时，广州又是一个对外贸易发达的城市，每年春秋两季专门在广州举办的广交会与世界 200 多个国家和地区建立经贸联系，吸引了大量的客商及投资者。而在广州各地也坐落着大大小小的原材料批发市场，海珠区的布料市场便是其中的典型。长期以来，它都是全国纺织业对外贸易的重要窗口。那里充满了太多致富的“神话”，无数水客慕名而来，小法的父亲便是其中之一。只不过现在，他不再到叙利亚贩卖，而是跟随大军转战东南亚。

来广州后，2012 年 2 月，在珠江河畔，小法终于亲眼看见了绚丽多彩的烟花。那是中国的春节，忙碌一年的中国人回家的日子。他不知道那个节日对身边的中国人意味着什么，只要能够看烟花他就心满意足。春天，这个大男孩插班进了小学国际班念一年级，在那里，他学得一口流利的英语，同时收获不少纯真的友谊。

这一年他的祖国依旧动荡。

2013 年 2 月，还是在春节，还是在珠江河畔，他依旧来看烟花表演。只不过这一次，旧日的笑容逝去，因为他已经知道春节对中国人来说意味着什么。他问爸爸什么时候能够回家，父亲望着茫茫的珠江水，一语不发。

2013 年叙利亚局势持续恶化。

当战争成为一种常态，小法能做的只有习惯与等待。尽管天天通过家乡的亲戚了解战局，但他并不奢望战争能马上结束。看到身边的同学都在忙碌，他知道自己应该重新定义自己的生活了。

2017 年，小法的父亲给他买了一部苹果手机，他很快开通了微博、支付宝。他很喜欢骑小黄车在广州乱逛，去发现未曾涉足的街巷，去记录生活中的普通人。按他的话来说就是，像中国人一样去生活。他的微信昵称叫 Fadi Syrian boy，当周围的人知道他是叙利亚人之后，总忍不住问他很多问题。他们很想知道在叙利亚究竟发生着什么？情况如何？小法生活的城市目前怎么样？家人现在又在哪里？他总是很耐心地回答他们。

重要的是，他在广州重拾了童年的快乐，因为在这里，他又可以踢球了。坐拥中超霸主广州恒大和攻势足球广州富力两大顶级联赛球队，广州形成了得天独厚的足球文化。在寸土寸金的广州没有多少免费开放的足球场，因此，小法常去的，是暨南大学的人工草足球场。他说那个球场坑坑洼洼，很多草皮都掀开了。尽管这样，还是有很多人在那里踢球，他并不挑剔，能和其他人一起踢球已经让他满足。他喜欢的球队是巴塞罗那，偶像是梅西。他说梅西和他很像，个矮，速度快，是一个冷静的射手。

2019年秋天，在上完小学之后，他直接跳级上了大学。华师接收了，他在那里学习汉语言文学。他说他想要更好的了解中国，回到叙利亚后向朋友们分享他在中国的见闻，毕竟这里的一切都是叙利亚人民难以想象的。

他是一个不幸的孩子，同时他又是幸运的，临走之前，笔者问他还有什么想说的。

他说，不要把他写成一位来自叙利亚的逃难者，他是世界公民。

（文中人名均为化名）

（文 / 颜培潮）

“海归”“90后”从来不是我身上的标签

下午六点半，刚刚结束一天工作的李驰坐在了我面前，土色的工作服，黝黑的皮肤。

“你一点都不像一个‘90后’呀。”

他挠挠头，笑了笑说：“我也算得上‘90后’中的老大哥了，是有些显老。”

留学之路

20世纪80年代赶上改革开放，李驰的父母抓住机会“下了海”，家里开起了一个化工厂。李驰从小家境就算得上优越，从小学到高中上的都是成都市的“贵族学校”。

“读初中的时候，穿高档运动鞋的人还少，但是我家里已经囤了不知道多少双了。”

高三的时候，年级有大半的人已经打算出国留学了，李驰也在其中，只是他还没决定去哪所学校。有段时间，国外的高校经常来学校宣传，也就是在这段时间里他决定去法国留学。

他知道留学费用不是笔小数目，还是得为爸妈考虑。法国大学不用交学费，能省下不小一笔钱。

李驰给自己选定的方向是生物科技类，可入学没多久，他就发现这个方向难度系数大，再加上自己的语言关还没完全攻克。这样读下去，这块硬骨头自己非但啃不下来，还会伤嘴。犹豫再三，他还是选择了化学能源专业。

法国留学七年，预科一年，本科三年，硕士三年。每年就只能回来一次，还是在暑假的时候。

一到春节，李驰就觉得孤独。每年大年三十，成都的家人都会在团年饭上拨通视频，手机会在每个家人的手里一一传过。李驰的爷爷快 90 岁了，耳朵不太好，再加上饭店的信号时好时坏，老人家只能对着手机里卡住的人像不停喃喃自语："要好好学习啊，注意身体。不用担心我们，我们都很好。还有，早点回来。"

李驰在另一头，听着爷爷断断续续的叮咛，笑着连连答应。一挂断电话，孤独又像是黑夜里的潮水淹没了他。

2014 年，李驰多回国了一次，这一次是为了照顾快去世的外公。外公的癌症被查出来的时候已经是晚期了，听到这个消息，李驰二话不说就向导师请了假往回赶。在家的一个月，他把外公家的客厅当自习室，每隔一个小时就进屋子看看老人家。老人躺在床上不能自理，大小便几乎都是在床上。李驰就守在外公旁边，帮老人家换尿不湿，再打水给外公擦拭身体。

“我从小是外公养大的，如果连最后一程我都不能好好送外公，那我良心永远都是不安的。”

遗憾的是，他还是没有送到外公的最后一程。回法国的半个月后，外公去世了。知道这个消息后，他好像被抽空了一样，只记得给朋友打了个电话，让朋友代替自己去帮外公守最后一夜。

离家七年，对于李驰来说，初来时的不适，年关的孤独，失恋的痛苦，学业上的挫折都远远抵不上挚亲挚爱的外公离世时的打击。

他毅然拒绝导师让他读博的建议，选择回国。

初识植保无人机

回国后，家里人想着让李驰进大学任教。但国内大学对于讲师最低要求都是博士学位，这条路也算是断了。

李驰的爸爸爱看中央台的创业类节目，他偶然看到植保无人机这个行业前景不错，就推荐给了李驰。

在法国留学的时候，李驰也注意到欧美国家农业机械化程度、农业植保机的使用率都比较高，但是反观中国目前的农业生产过程中，农业植保施药还是以人工或半机械化操作为主。

说干就干，李驰马上去到无人机生产的聚集地珠三角地区进行调研。3 个月的考察和调研后，李驰创办了自己的公司。

刚开始的时候，拉上自己的朋友，整个公司也只有两个人，既是老总也是员工。公司没有办公室，李驰就打白条跟爸妈先借了一个；没有运输无人机的车，就把自家厂里一台开了七八年的旧面包车拿去开。

“在这之前，我还没开过手动挡的车，更不用说面包车了。面包车使用年限也长了，开在路上坏了，也还是得自己学着修。”

那个时候公司没有飞手（无人机操纵手），他和搭档就一起跑到珠海学了一个月的操作技术。回来之后就投入了七万购入了第一台植保机。开始的时候李驰挨家挨户向农民进行推广，但是农民都很难接受这种“洋玩意”。后来，他转变市场策略，联合当地农资公司进行捆绑销售。

可是两个人的公司肯定是不行的，李驰就找到成都当地的职业学院合作，一个提供就业机会，一个提供人才，一拍即合。

创业不易

培养一名飞手一般得 15 天的培训，一名操作熟练的飞手可以保证植保机的稳定运行，否则，植保机“摔降”一次，不仅要花费 2000 ~ 3000 元的维修费，在农忙时节等待维修的时间还影响创收。

李驰第一台植保机就摔过两次。第一次摔的时候是他在培训新的飞手，无人机就在他面前一个踉跄就要摔下来。他看着无人机的方向就跑过去，无人机一摔，刚好就蹭到了他的脸。痛是顾不上的，李驰赶忙查看无人机有没有摔坏。

从培训的地方回到成都已经是晚上了，门一开，看见儿子的第一眼，李驰的妈妈心里就一酸，眼前这个胡子拉碴，眼睛泛着血丝的人怎么和自己阳光干净的儿子对得上呢？

走进屋子，在灯光下李驰脸上的伤口显了出来。李驰的妈妈，这个平日里风风火火的女强人拉着儿子哭了，“我们别做了好不好。做其他的，做什么都行，别做这个了。”

李驰摸摸脸上的伤口，无所谓地笑笑，“不做这个，那儿子就得赖你一辈子啊。”

第二天，李驰又和飞手赶往了离家165公里的遂宁。

李驰的创业路并不顺，年末给员工们发的工资是从启动资金里抽的，也是这个时候他才给自己发了第一笔工资——800元。

什么“40天15万”“一天一架无人机就可以赚3000余元”，其实更多是无人机公司宣传的噱头。农忙的时候，公司40天赚的钱的确可能超过15万元，很快就能够收回成本。但植保机业务的主要成本除了设备，还有飞手、运输设备、维修费等。“好的时候刚好保本，一般都是亏损的。”

李驰的父亲，开始渐渐失去信心了，两年了，他没有看见任何希望。每个人都以为李驰是个成功的创业者，但这一次，付出却并不是对等的。今年八月，李驰结婚了。父母答应再给他30万投资，可是这一次如果再不成功，也许李驰就会接手自家的公司。

“一条创业路或许会断，但创业者梦永不会断。”喝完最后一杯咖啡，李驰又风风火火走出咖啡店，融入这座鲜活热辣的城市中。

（文中人名均为化名）

（文／孙仪颖）

自我摆渡

小凤又梦到自己小时候的样子。七月，街上的柳树像病了似的，叶子挂着尘土在枝上打着卷，枝条一动也不动。马路上泛着白光，小摊贩疲于吆喝，商店门口的有机玻璃招牌，也似乎给晒化了。但是马路边的芒果摊，看起来 10 岁不到的小姑娘坐在一群大人中间，仍然很积极地吆喝着：“卖芒果啦，大的五块钱，小的两块钱。”太阳把她的脸烤得通红，却丝毫没有影响她的积极性。这个小女孩和广西玉凤镇千千万万家庭的孩子一样，小小年纪就成为家里的“小当家”。

“要是爸爸在就好了”

下午四点半，放学铃声一响，等不及老师宣布下课，小凤就偷偷在桌子底下收拾书包。她得赶紧赶回自家的芒果摊去帮妈妈看摊，让妈妈可以休息一下。

他们的摊位位于马路边。在马路边，有很多个像他们那样的摊位。一张简单的木桌上面摆着芒果，甚至连个遮阳的帐篷都没有——这就是摊位的所有装饰。在广西玉凤镇，几乎所有家庭都是靠芒果摊的收入谋生。他们最高兴的时候，是有游客来这边体验生活的时候，这时候，他们通常能卖出好几箱芒果。

在盛产芒果的玉凤镇，漫山遍野的是芒果树，每家每户都有自己的芒果树。镇里的人大都没有钱去租一个店铺，只能组织着一起在马路边摆摊。小凤他们家的芒果的卖相永远是最差的。别人家的芒果个子又大，还透着光泽，让人一看就“垂涎三尺”。他们家的芒果个子小、有的甚至形状都不太好看。这主要是因为采摘芒果需要上山上树。对于家里只有一个弱女子和两个还没长大的孩子的他们一家来说，实在没办法爬上山去采摘，只能等芒果自己熟透了以后从山坡滚落下来，再去捡。不过每当有游客驻足，小凤都会用心帮客人挑选最好的芒果。

在小凤 8 岁那年，她经历了她人生中的第一个转折点——父亲去世了。此前，他们家一直过着其乐融融的平淡日子。父亲的突然病倒，消耗掉了整个家庭的积蓄，突如其来的灾难像一块大石头压倒了本来就不富有的家庭。

“在玉凤这种穷地方，很多家境贫困的小孩都是父母早早去世。”玉凤镇的书记每每提起这个问题，眉头皱得更加紧了。这个地方虽说和经济发达的那坡镇一样盛产芒果，但是因为交通不方便，这里的经济状况一直是广西百色的“重灾区”。

小凤一家住在一个不到20平方米的小房子，已经用了很久的门一拉就会发出“嘎吱”一声响，地板因为没有铺瓷砖即使每天洗地，还是会有灰尘的痕迹。偶尔有客人来做客，客人还得弯下腰才能走进去。透着岁月痕迹的餐桌用好看的桌布铺着，家里有一条已经养了七八年但是却瘦得可怜的土狗。

小凤不是很喜欢读书，她总觉得自己不是读书的那块料，但是她喜欢上学，她如果待在家里的话，就得去村里的果园帮忙农活，尤其是丰收的季节，她每天天还没亮就得起床去帮忙，每天收完工的时候，她的手会被玉米勒得红一整天。她偶尔也会在QQ上抱怨一下自己的遭遇：“人活着到底是为了什么？”在学校待着的时候，她觉得自己才是“自由的”，可以坐在操场上和自己的好朋友谈天说地，不用操心每天的收成。她和她的好朋友经常会坐在一起畅想未来，一起猜测外面的世界是怎么样的。

有一次她的好朋友和她提起自己的父亲打工回来，给她带了一件好看的新衣服。小凤听着，眼睛瞬间蓄满了泪水。她的好朋友还以为小凤是因为羡慕她有好看的衣服才哭的，连忙和她道歉。但是只有小凤自己才知道，自己哭是因为她多么希望用以后的所有漂亮衣服来换爸爸多陪在她身边一天。

十三四岁的孩子最为敏感，小凤上了初中后，看到的事情越多，心里的疑惑越大。她经常会在心里问很多问题：为什么别人家的芒果又黄又大还特别新鲜，自己家的却只能是别人家捡剩的；为什么别人家的小孩子有爸爸妈妈接送，她和弟弟每天只能自己走回家；为什么别人的妈妈那么轻松，自己的妈妈却老得那么快……她把年少时代这些敏感的心事都记在自己的日记本里。她每写下一个新的问题，都会在空一行写上“要是爸爸在就好了”。

“我不忍心打弟弟，因为我爱他”

不同于其他家的孩子，小凤每次拿到奖状，都会把它们整整齐齐地放在一个小箱子里，而不是贴到家里的墙上展示。她虽然成绩不是特别优异，但因为特别乖巧懂事，获得过很多奖状，如“进步学生”“文明学生”等。但是她从来不会拿这些荣耀显摆。

她的弟弟在学校比较调皮捣蛋，别说拿奖状回家了，平常不被老师请家长到学校就已经“谢天谢地了”。弟弟平常就因为妈妈经常拿她跟他作比较心里过不去，经常会去故意惹姐姐生气，比如揪揪姐姐的辫子，把姐姐的作业藏起来，而且每次欺负完姐姐后就赶紧跑掉。

有时候正在欺负姐姐呢，妈妈一回来，他就马上装作被欺负的样子。小凤脾气再怎么好，有时候还是会被弟弟气得说不上话来，有一次她手都举起来了想要打回弟弟，但是看到弟弟咧着大大的笑脸看着她，最后实在还是“忍不下心来”，本来要落在弟弟身上的拳头变成了“温柔又无奈”的抚摸。

覃母早就熟悉两个孩子的脾性，哪会看不出谁在欺负谁呢。虽说当地有“重男轻女”的思想，但覃母每次看到女儿对弟弟比对她自己还要好的时候，还是忍不住酸鼻子，她觉得女儿“有时懂事得不像这个年龄的孩子”。

最过分的一次，覃母都看到女儿的手背被打得发红，眼里都已经蓄满了泪水，她实在是心疼自己的女儿，她叮嘱她说："下次弟弟要是还欺负你，你就打回去。"但是当时才10岁的小凤却只是摇摇头，用童真的声音回答她："我不忍心打弟弟，我爱他。"

小凤身边的朋友都笑话她是个实打实的"弟控"。对弟弟好的不成样。学校每次组织活动，小凤和她弟弟都是出了名的"迟到大户"，每次等所有人到了以后，过了十几分钟，老师才看到穿着有些泛黄、偏大的衣服小凤姗姗来迟，她因为迟到有点不好意思，一直低着头，但是手却一直牵着弟弟。老师也不忍心怎么责骂她，因为她知道她每次迟到都是因为弟弟赖床，又不忍心抛下弟弟一个人过来，就等弟弟起床后再牵着弟弟过来。

小凤15岁的时候，已经10岁的弟弟还是会偶尔捉弄一下她，但是每次捉弄完她，都会又好气又好笑地问她："你为什么不生我气？"小凤每次都是很认真地告诉他："因为我爱你。"有一天晚上她还在写作业，弟弟突然进来，她以为弟弟又要捉弄她的时候，弟弟突然和她说了句："我也爱你，姐姐。"她当时愣了一愣，她觉得这是她从爸爸去世以后最幸福的事情。

"拥有过后失去才是最伤心的"

小凤小时候偶然在一本书上看到猫的照片，无法自拔地喜欢上了猫。在她10岁生日的时候，覃母特意收养了一只猫。那段时间的小凤连每天放学收拾书包的动作都快了很多，就为了能够早点看到小猫。小猫一身橘色的绒毛，她给小猫取名叫“小橘”，她特别喜欢看它每天下午在门口躺着晒太阳的慵懒样子，也特别喜欢它用耳朵蹭她的腿和她撒娇的样子。每次家里难得有鱼吃的时候，她都会分一半给它。没想到不到一年，小橘就因病去世了，小凤有那么两三天把自己关在家里，每天眼睛都红肿着，覃母觉得这是孩子成长的一个挫折，没想到小凤出来第一句话却是“妈妈，爸爸离开的时候你也那么难过吗？”覃母这才意识到孩子难过了这么久居然是因为心疼自己。

覃母连忙安慰她，说小猫只是去了另一个世界。不料女儿却边哭边和她说，宁愿从来没有和小猫相遇，这样就不会那么伤心了。“她是个很没有安全感的人。”覃母提到女儿爱哭的性格，心疼地说道。

“拥有过后失去才是最伤心的！”当时 10 岁不到的她在日记本歪歪扭扭地写下这句话。那一页的日记还因为泪水沾湿，显得皱巴巴的。后来覃母为了让家里热闹点，又收养了一只土狗。之所以选择养狗，原因也很简单：狗的寿命比较长。

玉凤镇的很多户人家的生活几乎全靠芒果摊微薄的收入和政府的补助。幸运的是暨南大学青年志愿者协会在了解他们的情况后，在校内举办了广西助学的活动，并在校内召集了资助人，每年给予每个家庭 500 元的资助金。他们每年七月还会去探望被资助的人。这是小凤每年最开心的时候，因为每当这时候，她妈妈会做上一桌子的菜，比过年的时候还要丰盛。来自青协的大学生每次去探望他们还会给他们带上一些诸如笔记本、尺子之类的小玩意儿。她最喜欢的礼物还是一个USB的小风扇，因为她“觉得有了这个小风扇以后，妈妈夏天做饭的时候就没那么热了”。

不过她也有苦恼的地方，有时会有记者过来采访他们：“对资助人有什么想说的话吗？”每次不等记者把话问完，她就会像套用公式一样连忙回复：“我很感谢我的资助人，我一定好好读书，不辜负资助人的期望。”小凤从来不说自己内心的真实想法，每次身边有那么多人围观着她接受别人的资助，她心里就有些难受，她不想把自己的贫穷赤裸裸地展示在所有人面前。

“我不想变成他们那样，我想逃出去”

15岁的时候，一向懂事的小凤有一天回家冷不丁地突然冒出一句她不想上学了，让覃母着实被吓了一跳。但是无论覃母怎么追问原因她都不肯说原因。直到后来弟弟回家和她说，她才知道原来是她今天本来要上交的资料费被偷了。

她想早日逃离这个地方。但是她同时也清楚的直到，对于贫穷的玉凤镇，要想走出这座大山，唯一的途径只有她最不擅长的——读书。

从那天起，每天她都是第一个到教室的，回家后写作业写到特别晚。坚持了一个学期后，她瘦了五斤，但是成绩还是没有什么起色。她甚至觉得自己一无是处。在15岁前，她每天想着自己的未来就是留在玉凤镇陪着妈妈。15岁后，她发现这个想法实在是太天真了，她想成为“能够保护妈妈的人”。她觉得自己的一生好像都是为妈妈而活的，她从来不知道自己想要什么。

她想认命，像玉凤镇的其他姑娘一样，读完高中后去外面打工。可是每次她坐在家门口，看到出外打工的姑娘从外地回来，她们每天工作 10 个小时，却只能拿到 100 块不到的工资。她一想到自己以后也会变成这样，不由对未来充满迷茫，又怕妈妈担心，只能默默地用手背抹眼泪。

16 岁的夏天，天空蓝得发亮，远方传来知了的叫声。她像往常一样帮妈妈照看生意，因为生意比较冷清，她就随口哼了一首歌，坐在旁边的弟弟听到后特别惊讶，站起来和她说觉得她唱歌很好听。她这时才发现自己还是有一技之长的，没有自己想的那么糟糕。她喜欢音乐，音乐能暂时忘却眼前的迷茫，沉浸在跳动的音符中。事实上，她在音乐方面也确实有一定的天赋。去县里上高中的时候，有一次老师在课上弹奏了一曲钢琴曲。她有一种前所未有的感觉，“像被电击中一样，整个世界只剩下她和这架钢琴。”她觉得自己能从音乐中读懂别人的喜怒哀乐，她也想成为创造出这样的音乐的人。她也想用她自己的音乐为别人带来希望。

她突然觉得读书不再是那么枯燥的一件事了，因为这是她和音乐之间唯一的桥梁。她在桌子上贴了个小纸条：学不死，就往死里学。她用最美好的高中三年换取一个苦苦追寻的答案。也是在这个时候，她每天的日记都只剩下一句话——四川大学音乐学院。

她永远都不会忘记等待录取结果的时候，母亲和弟弟都替她紧张到不行，但是她的心里却是前所未有的平静。拿到录取结果的时候，身边的母亲弟弟都忍不住欢呼出声。过去的三年，她努力的目标就是眼前的这一纸通知书，可是当她拿到的时候，她却没有预想中的如释重负。

自从父亲去世后，她每天都在思考自己要成为一个怎么样的人。她在玉凤镇思考了十年，只能得出一个结论：至少在玉凤镇是思考不出来的。看着手中的录取通知书，小凤知道很多故事才刚刚开始。

（文中人名均为化名）

（文 / 林晓诗）

探寻规律的魔方少年

一个三阶魔方，有4325亿种变化。如果一秒可以转3下魔方，不计重复，也需要转4542亿年才可以转出三阶魔方所有的变化。参赛者坐在赛场，拿起被打乱的魔方，大脑在这四千多亿种变化中寻找还原规律，手指飞快转动实现公式，争取在最短的时间内还原它，这就是“魔方运动”。

魔方运动，近十年来在中国发展迅速。一批又一批的年轻人在赛场中挑战极限，展现魔方魅力。张炜星，也是这群年轻人中的一个。

成长于赛场

“第一次比赛是2009年，社长说在广州有个WCA比赛（World Cubing Association，世界魔方协会，是全球承认度最高的魔方比赛组织），就帮我报了个名。”张炜星回忆。

张炜星口中的“社长”是他高中魔方社的创始人黄瑞航，是带他进入魔方比赛的领路人。没进入魔方社之前，张炜星只是一个爱玩魔方的普通学生。初中的时候，他看到同班同学在玩魔方，就自己买了一个，学会了还原六面。他并不知道，原来魔方也能算是一种运动。

那一年，中国魔方运动刚刚起步。2007 年 10 月，世界魔方协会首次在中国举办魔方比赛，就此开启了魔方运动在中国的竞技时代。在此之前，中国的魔方比赛都是民间自发举办的，没有专业的裁判和统一的比赛规则，也没有官方的数据统计和排名。如今，在粗饼·中国魔方赛事网（Cubing China）上，所有中国选手的每一场 WCA 比赛数据、排名、记录都可以轻松查到。

来到赛场，15 岁的张炜星有些紧张和不适应。他只比了一个项目——最普通的三阶魔方还原，平均成绩在 155 个选手中排名第 52。比赛过后，张炜星发现自己非常享受比赛的感觉：“比赛会遇到很多未知，我就会觉得很兴奋，我很喜欢挑战的。而且，就算你不在上面比赛，在下面看别人比赛或者跟别人交流都是很好的体验。”

有了第一次的尝试，张炜星便开始大胆地参加比赛，与高手过招。也因为有了比赛，他有了提升自己的动力。张炜星开始钻研魔方的公式，上网学示例解法，练习快速地还原。他的名次在一次又一次的比赛中一点点上升，从十位数到了个位数。

2011 年，对张炜星而言是突破性的一年。那年，他拿了人生中第一个三阶魔方冠军——平均时间 10.59 秒，赢了李开隆。李开隆年纪比他小一点，彼时却已经是魔方界的明星选手了，手握着一个亚洲纪录和四个国家纪录。张炜星回想起第一次见到李开隆，还是在自己第一次比赛，那次李开隆是第二名，已经是中国顶尖了。

“之前我只是‘仰望’他，那时赢了他就很开心。”张炜星说到。

短短两年，张炜星成长为跟李开隆比肩的顶尖选手。但这只是开始，后来他经历了更多的赛事，还实现了很多当初自己都没想过的成就。比如四阶魔方项目破亚洲纪录，战胜自己的偶像中岛悠；比如在三阶魔方比赛中拧出无跳步的6.44秒，小胜当场比赛的魔方顶尖级选手“菲神”；比如登上综艺节目《最强大脑》，展现魔方竞技的魅力。

2017年，是张炜星参加比赛的第八年了。他的心态也慢慢改变：一开始就觉得自己是“打酱油”，此后开始获奖，再到想拿第一、想破纪录。魔方不仅燃起他挑战极限的热情，也改变了他的性格。“在接触魔方之前，我本身是一个比较内向的人，没什么表现自己的欲望。”张炜星诚恳地说道：“魔方让我找到自信，它让我知道，原来我也有一个能让自己骄傲的东西。”

成名于舞台

2019年2月3日的《最强大脑》播出了一场三阶魔方大战，王佳宇、李开隆、林恺俊、方述杰、张炜星、王炜六位国内顶尖魔方选手齐聚舞台，进行强力对决。他们其中不乏中国纪录和亚洲纪录保持者。张炜星凭借自己的实力，在开局失误的不利情况下沉稳发挥，最终逆袭成功，与三阶魔方中国纪录保持者王佳宇一起进入终极决战。

虽然最后憾负王佳宇，张炜星却因为这场逆袭战小小地红了一把。节目播出后，张炜星的微博一路涨粉，微信上还出现了他的“粉丝后援会”群。一个低调沉稳的少年，转身一跃成了魔方偶像，张炜星难免有些不习惯。

“2015 年《最强大脑》就找过我了，我不是很想去。”张炜星无奈地说。他比较反感综艺节目的表演性质。对于以前的“水下盲拧”“机器人还原”等包装花哨而难度较低的项目，他都有些抗拒。而今年之所以会参加，是因为他觉得这次的节目形式比较像正式的魔方比赛，而且节目还会邀请几位国内顶尖高手同台竞技，机会比较难得。

“我不是那种表演型的人，可能娱乐不到大家。”张炜星认真地解释到。但不可以否认，《最强大脑》的确在一定程度推广了魔方运动。

城市包容爱好

在大学这个多元的环境，会遇到来自不同生活背景的同学。张炜星也开始遇到一些质疑：有的同学不理解他为什么要玩魔方，问他玩这个有什么益处。他发现，自己难以向他们解释魔方的魅力，也无法解释自己这几年来投入的精力。

面对这样的不同的观点，张炜星明白了一个道理，因为同学们认为学习更重要。而张炜星即使到了高三，也没有停止参加比赛。高考前的第11天，在广州有一场WCA的比赛，父母虽然不支持，但是也没有反对他参赛，最后，他在比赛上拿到了四阶的冠军，高考也发挥得不错，考上了中山大学物理系。

在张炜星看来，自己的父母对自己的兴趣爱好非常尊重，只要他能够平衡好学习和玩魔方的时间，父母就很少干涉。在这点上，张炜星和父母达成了共识："不要拿那些学习的时间来玩，但是也不应该拿所有时间来学习。"

不仅父母尊重他的爱好，他的高中——广东省实验中学也非常支持学生的兴趣活动。前不久，他才参加完由他高中魔方社承办的WCA比赛。回到了母校，张炜星感觉到了"主场光环"，表现得出奇的好。在三阶魔方还原比赛中，他拧出了平均7.86秒的成绩，仅落后樊浩玮的中国纪录0.01秒。

些许遗憾并不能掩盖张炜星回到母校的兴奋："我那时候的梦想就是在省实办个WCA比赛，现在他们就实现了！这些同学们挺负责的，活动办得挺好的。"说完，他还不忘打趣一句："如果是我们来搞可能就办不出来了。"

当张炜星谈起自己的高中，语气中是满满的骄傲，人也跟着活跃了起来，"省实应该是全国第一多或者第二多社团的学校，2009年的时候学校就有'百团大战'了，那个可是大学才会有的东西。现在学校还要为社团建一栋新楼呢！"

有句话说，从一个地方的魔方发展程度可以看出这个地方的城镇化程度，张炜星对此深以为然，“一个地方发展程度高，人们基本物质需求满足了，才能有业余的活动。”

世界速度和中国魔方

魔方运动在中国发展已经进入快车道了。随着电视的推广，大众的观念发生了改变，魔方从“高智商玩具”的神坛走了下来，走入到平凡百姓的家中。随着魔方运动在中国越来越热，一些魔方教育机构也应运而生。许多家长把自己的孩子送进“暑期魔方班”，跟着国内魔方高手学魔方还原，参与到魔方竞技当中。

普及度是一方面，国内整体水平又是另一方面。

“今天在赛场上表现的最好成绩都没有能排进世界前十。今天舞台上的选手都是亚洲纪录，我们却见不到世界冠军。”《最强大脑》的嘉宾在节目上一语击中中国魔方发展的痛点。

过去的两三年里，澳洲选手 Feliks 一直在引领着魔方极限，甚至把三阶魔方还原单次记录提升到了 5 秒以内，达到 4.73 秒，人送称号“菲神”。而欧美的选手，现在整体水平也有了大幅度提升。菲神的“绝对性优势”正在逐渐被缩小，一不留神就会失去冠军。

相比而言，中国魔方运动的顶尖水平还有很大的提升空间。目前，国内职业选手远不能达到与世界选手竞争的水平。拿张炜星来讲，他手握的四阶魔方中国记录是单次 25.68 秒，平均 30.26 秒，但是世界记录是单次 21.54 秒，平均 25.53 秒，分别由菲神和美国的 Park 创造。张炜星的成绩在世界范围只能排到第十三位，远不能称之为世界级选手。而在世界三阶魔方还原单次成绩排名前一百名里，只有一名中国选手王佳宇，排名第十位。

不同于象棋、围棋、国际象棋，魔方目前仍不是中国官方承认的智力运动。作为一种始于西方的智力运动，魔方在中国少了沉淀和传统，还有很长的路要走。在张炜星看来，魔方其实是脑力与体力的完美结合，很好地体现"运动"的特征。中国魔方界未来的目标就是推广魔方竞技，让它纳入智力运动的行列，得到官方的承认和支持。

虽然中国魔方在竞技赛场表现不出色，但是中国在世界魔方运动中仍然扮演着不可替代的角色。从 2008 年时大家用的的"国甲"，后来出现的"大雁""魔方格"，到现在世界比赛最常见的"魔域"和 GAN，都是来自中国的魔方品牌。

别看魔方只是小小的一个六面体，里面却有着许多门道。一个魔方是否能够适应赛场，取决于许多因素。小到魔方的材质、颜色，大到魔方内部的弹簧、螺丝、缓冲块，都会对魔方的弹力、阻力、容错性有影响。中国魔方测试成本低，更新周期短，创新性极高，受到世界选手的欢迎。不仅如此，GAN、魔域、魔方格这三个品牌还是许多世界顶尖选手的赞助商，中国以另一种身份参与到魔方运动当中。

物质的更新，观念的进步，大众媒体的推动，这一切让魔方从教室抽屉里的玩具发展成为一种运动和文化。我们能够在魔方比赛中领略到和奥运赛场上一样的竞技精神，也能够从魔方运动中感受到速度与技巧的魅力。

踏着魔方在中国的热潮，张炜星从一个探寻着规律的普通少年成为魔方明星，他从未忘记最初喜欢上魔方运动的原因。“很多人觉得比赛没有奖金，就拿些魔方当奖品，破纪录也只是自己开心。”张炜星无奈地笑道，“但是真的很开心，当你突破自己是真的很开心的，不一定说要得到什么，喜欢就去做就好了！”

（文／杨滢玮）